俺のお嫁さん、変態かもしれない
―ゼロ距離だった幼馴染、
結婚したとたん即落ちして俺に夢中です―
My wife
might be
A HENTAI.
JN020253

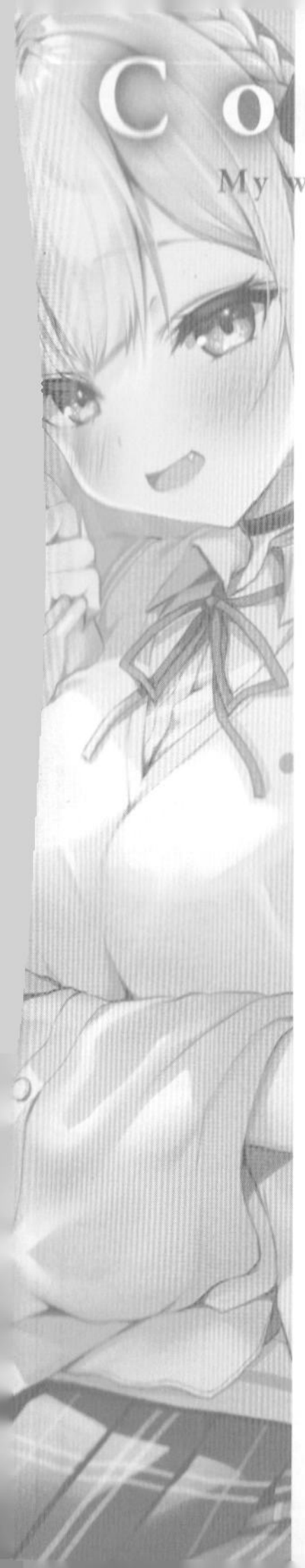

Contents

My wife might be **A HENTAI.**

「ねえねえ、裕樹。ありがと」
「ありがとうって、何が？」
「ウェディングドレスの試着を断られて残念そうにしてたから、着せてくれたんでしょ？」
ホテルでコスプレ

パンツをめぐって……
「うぅ……。
恥ずかしいけど、
裕樹がだらしない
パンツを穿いてるの、
やだからなあ……」
~~三田~~ 新藤涼香
裕樹の幼馴染。旧姓は三田で、結婚して新藤に。
明るくて人懐っこく、学校でもかなりモテる。
裕樹に恋愛感情はないと思われたが……。

俺のお嫁さん、変態かもしれない

―ゼロ距離だった幼馴染、結婚したとたん即落ちして俺に夢中です―

くろい

ファンタジア文庫

3126

口絵・本文イラスト　あゆま紗由

My wife might be A HENTAI.

Suzuka Wife Childhood friend Hentai

俺のお嫁さん、変態かもしれない

Kuroi

illust. Ayuma Sayu

―ゼロ距離だった幼馴染、

結婚したとたん即落ちして俺に夢中です―

プロローグ

「よしっ。次は……服だな」

ガムテープで封がされている段ボールに手を伸ばした。

6LDK+Sで庭付きの一軒家を買い、お嫁さんと引っ越してきて荷解《にほど》きをしている。

新婚夫婦が二人で暮らすにはかなり豪華な家だ。

結婚したからには新しい家が欲しいよね、ということで思い切って購入した。

次々に段ボールから服を取り出していると、お嫁さんであり、幼馴染《おさななじみ》でもある涼香《すずか》が俺の目の前にとあるものを突き出す。

「裕樹《ゆうき》のパンツがよれよれだったから、新しいのを買っといた」

接しやすい声音。顔も可愛《かわい》くて、気も利《き》く。

そんな彼女が俺のパンツがよれよれだと言い、勝手に新しいのを買ってきた。

子供でもないのにパンツを買って貰《もら》うのはおかしな気もするが、問題はそこじゃない。

涼香が買ってきたタイプがトランクスではなく、ボクサータイプなのが問題だ。

きゅっと肌を締め付け、体のラインがしっかり出る。

締め付けに関しては別に気にしていないが、形がくっきりと浮かび上がってしまう。

それがまあ、周りに見せつけるかのようで恥ずかしい気がして、穿《は》く気になれない。

「なんで、ボクサーパンツなんだよ」

「えへへ。トランクスよりも似合うかな〜って」

「嫌だって言ったら？」

「大丈夫だって。恥ずかしいのは最初だけ。慣れてきたら悪くないよ？　ね、穿いてみよ？」

「くっ。やっぱり抵抗感が……」

「往生際《おうじょうぎわ》が悪いな〜。減るもんじゃないし、別にいいじゃん」

ぶーぶーと不満げに文句を垂れる涼香。

流されそうになるも、やっぱり慣れ親しんだトランクス派をやめる気はない。

「じゃあ、わかった。俺の言うことを聞いてくれたら穿いてやる。ちょっと待ってろ！」

「どうせ、とんでもないお願いして、私のこと困らせようって話でしょ？」

いいや、そうじゃない。

俺が今どんな気持ちかをわかって貰うのに、うってつけのお願いだ。

引っ越す前は実家暮らし。母さんに見られようものなら、恥ずかしくて死にたくなりそうな物を詰めておいた段ボール箱を漁《あさ》る。

無事にお目当ての代物を発掘し、俺は意気揚々と掲げた。

「俺にボクサーパンツを穿かせようってんなら、お前にはこれを穿いて貰おうか？」

「な、なにそれ⁉　変態じゃん！」

俺が取り出したるは一枚の女性用下着。布面積は少ないし、なんか透けている。

おっと、俺がこんなのを買う変態だと、誤解されては困るので補足しておこう。

「ボウリング場にあるクレーンゲームで友達に取らされた。いやはや、こんな下着のために千円使ったのはほんと馬鹿だと思う」

「うん、本当に馬鹿でしょ」

「ま、まあ、取ってしまったことについては、どうでもいい。涼香、お前がこれを穿かないのであれば、俺はこのままトランクスを愛用し続けるからな？」

ふっ、勝ったな。

余裕の表情を浮かべ勝ち誇っていると、涼香がプルプルと震えだす。

悔しいか？　悔しいだろうな？　お前にこんな下着を穿く勇気はないのだから。

「……ぃぃょ」

「へ？」

「だから、いいよって言ったの。私がこのパンツを穿けば問題ないんでしょ？」

「いやいや、恥ずかしくないのか？」

「ゆ、裕樹だって恥ずかしくないの？　よれよれの下着をずっと穿いてるなんてさ」

「誰かに見られるわけじゃないし……」

「私が見るよ！　いい雰囲気になったとき、私が汚いパンツ穿いてたらどう？　普通に嫌でしょ？」

「た、確かに」

「好きな人が身だしなみもよかったら、もっと好きになるに決まってるじゃん。じゃ、穿いてくるから、ちょっと待ってて！」

どこか怒った感じで姿を消した涼香。

気持ちはよくわかる。

涼香が脱いだとき、だらしなくて色気のない下着であったのなら……。

いや、それはそれでギャップがあって悪くないな。

馬鹿げたことを考えていると、もじもじとしながら涼香が俺の前に戻ってきた。

「うぅ……。恥ずかしいけど、裕樹がだらしないパンツを穿いてるの、やだからなあ……」

「無理しなくてもいいんだぞ？」

「む、無理じゃないもん！　ほ、ほら……」

涼香は穿いているハーフパンツを、少しずつ下げる。

ゆっくりと煽情《せんじょう》的な下着と、きめ細かい肌が露《あら》わになっていく。

ボウリング場にあったクレーンゲームで千円もかけて取った下着。

色は黒で透け透け。本来の機能は度外視で、男をもてあそぶためだけに存在している。

涼香は恥ずかしげな顔をしながら、ハーフパンツをずり下げ、俺に見せつけてくる。

俺の気持ちがより一層高ぶっていく中、涼香はハーフパンツを下へ下へと押し下げていった。飲み込むのを忘れ、溜《た》まっていた生唾をごくりと飲み込んだのと同時だ。

「恥ずかしいから、これでおしまい！」

誘うかのように俺を誑《たぶら》かしてきたが、すんでのところでおしまい。

涼香の穿いているハーフパンツは元通り。

恥ずかしさのあまり、もじもじしている涼香は俺の目を見る。

「ちゃんと穿いて見せてあげたんだから、約束通り裕樹もボクサーパンツ穿いてよね？」

「嫌だって言ったら？」

「怒る」

「わかったって。そう怖い顔をするなよ……」

どうやらお嫁さんは抜け目ないようだ。うやむやにして逃げるのは許してくれない。

こんなにたくさんサービスされたら、俺も逃げるわけにはいかないか……。

俺は涼香に渡されたボクサーパンツを穿いた。

「くっ。やめろ、そんなにまじまじ見るな！」

俺の下半身を凝視してくるのは、もちろんお嫁さんである涼香。

彼女は引き締まった体をしている男の肉体美が好きな子だ。

漫画家を夢見ており、参考資料などとほざき俺の体を狙ってくることも、しばしばある。

「私好みな体してるね。うへへ……」

ニコニコとご満悦そうに堪能《たんのう》される。

そんな彼女と結婚して1ヶ月が経《た》った。

新しく家を買い、そこで俺と涼香の新生活が始まろうとしている。

こんな初々《ういうい》しくて馬鹿なやり取りを、結婚してまで続けるのはどうなの？　と思われるだろうが、こんなにも未熟なのにはしっかりと理由がある。

「ほら、そろそろ荷解きを再開するぞ」

「はーい」

服の入った段ボールから、俺は高校の制服を取り出した。


俺と涼香はまだ高校3年生。

さらに、夫婦だというのに、わざわざ涼香が姿を消して着替えるのにはわけがある。

交際0日で結婚したので、あれやこれやと未経験である。

正確には恋人として交際をしていないだけで、幼馴染としての付き合いはあった。

でも、結婚するまでに恋人であったのは0日だ。

無理矢理させられたのではなく、自分達で選んだ道。

後悔はないし、これから悔いのないように頑張るつもりである。

「ほんと、とんでもないことになってるよな……」

結婚するまでの経緯を、ふと思い出してしまうのであった。

第1話　幼馴染《おさななじみ》と結婚したのには深い事情が……

高校3年生の春。桜の花も散り、すっかりと葉も生い茂っている。

あくびをしながら通学路を歩いていると、きらきらっとした目をしている女の子が声を掛けてきた。

「おはよっ！」

「おう、おはよう」

「ふふふ……。ねえねえ、私に何か言うことってないの？」

やたらとご機嫌そうに、俺に聞く子の名前は、三田涼香《みたすずか》。

そんな彼女とは、俺が新藤裕樹《しんどうゆうき》と自分の名前を認識できるようになる前から付き合いがある。

いわゆる、幼馴染という関係だ。

「お前に言わなくちゃいけないことって、あったっけ？」

「え〜、あるでしょ。そう、凄《すご》く大事なことがね？」

「悪い。マジでわからない」

「プロスカウトに声を掛けられたんでしょ？」

「ん、ああ。バレたのか……」

俺は小中高とサッカーをしている。

今の今までパッとしない選手であったが、努力の甲斐《かい》あってか最近はわりと強くなった。

プロスカウトに声を掛けて貰《もら》えるまでにはな。

変に騒がれると嫌だし、涼香には黙っていたのだが、どうやらバレてしまったようだ。

「なんで私に隠してたの？」

「うるさそうだから」

「え〜、酷《ひど》いなあ。昔から応援してあげてるんだから、教えてくれたっていいじゃん」

「応援されてるからだよ」

そう、涼香は昔からサッカー選手になるという俺の夢を応援してくれている。

だから言いたくなかった。変に期待をされたくないし。

声を掛けられたのは相当前なので、隠し通せたと思っていたのにな……。

「今のうちにサイン貰っとかなくちゃね」

「ほら、そう来た。あのなあ、お前は俺に期待しすぎなんだよ」

「ま、小さい頃からずっと見てきたからね。そりゃもう、我が子のように気になるわけ」

「そう言われてもなあ……」

プロスカウトに声を掛けられると言っても、ピンキリだ。

俺なんて、少し良さそう程度にしか思われていないレベル。

まだまだ実力も実績も足りない。現にそれをスカウトに指摘されたくらいだ。

『これからの頑張り次第で、また声を掛けさせて貰うよ』

なんて風に、少し興味はあるが最優先ではないとハッキリ言われている。

「そこは、絶対にプロになる！　って格好良く決めるとこじゃないの？」

「馬鹿言うなよ。あと４ヶ月もすりゃ引退だ。絶対に無理に決まってんだろ」

「そっか」

「でも、頑張るけどな。夏の最後の大会までは……」

プロになる夢。

それはもう諦めている。なりたいとは思うけど、身のほどをわきまえなくちゃいけない。

だからこそ、この夏にある最後の大会は……集大成にするつもりだ。

「じゃあ、あと少しだ。せっかく頑張ってきたんだし、最後まで頑張ってね？」

涼香は物寂し気な顔で応援してくれた。

ったく、こんな顔されるから、スカウトに声を掛けられたって言いたくなかったんだよな。

少しでも夢に届くかもしれない可能性がある。

けど、夢を追っていられるタイムリミットは、すぐそこまでやって来ている。

「涼香はさ、俺のことなのに、なんで自分のことのように考えてくれるんだ？」

「そりゃ、幼馴染だからでしょ」

「……そういうもんなのか？」

「そういうもんでしょ。ちっちゃい頃から仲良しだったんだし」

仲良しか。うん、その通りだな。通学路で出会えばこんな風に話をするしな。

二人して肩を並べて歩く。気が付けば、随分と身長の差も大きくなった。

周りから、仲良しなのに付き合ってないの？　とよく質問される。

でも、付き合っては、いないんだよなあ……。

♡♡♡

最後の大会まで頑張れと応援して貰ったからには、頑張らずにはいられない。

サッカー部ではスタメン。

試合に出たくても、出ることのできない仲間だっている。

部の代表として頑張るからには、手を抜くわけにはいかない。

優勝はできなくとも、少しでも爪痕を残せるよう、声を張り練習に精を出す。

練習に次ぐ練習。スポーツで食っていく人と大学で部活をやる人以外は、もうここまでハードな運動をする機会はないと思えるほどにだ。

できる限りの努力をして、最後は気持ちよく終わる。

負けても、悔いが残らないように。

最後は清々《すがすが》しい気分で引退するのが今の目標だ。

「お疲れ。じゃ、戸締りは任せた」

学校から家までが遠い俺。

電車に1本乗り遅れるだけで、20分以上も時間が違ってくるため、急いで部室を出た。

しかし、ロッカーにスマホを忘れたことに気が付き部室に走って戻る。

がやがやと部室で騒ぎながら、クールダウンをしているチームメイト。

部室へ入ろうと、ドアノブに手を掛けたときであった。

「あーあ。やってらんねえぜ。自分がプロスカウトに声を掛けられているからって、調子に乗られてもなあ……」

部員の一人が悪口を言う。

すると、もう一人の部員がさらに話題を広げていく。

「だよなあ……。本気でプロになれると思っているとか、頭おかしいだろ。別にうちの高校は強豪校でもないのによ」

悪口は続き、どんどんヒートアップしていった。

俺はプロスカウトに声を掛けられたから頑張っているんじゃなくて、最後の最後だから気持ちよく部活を引退するために一生懸命に取り組んでいただけなのにな……。

文句を言おうと部室へ入ろうとするも、ドアノブを持つ手に力が入らない。

入るに入れない雰囲気が漂う部室。俺はそのまま逃げ出した。

今のは悪い夢だ。そう信じながら……。

♡♡♡

スマホを置き忘れたまま帰った日から、1週間後。

俺はサッカー部で汗水垂らしている中、足を怪我《けが》した。

患部を冷やしていたけど痛みが引きそうにないので、早退して帰ることにする。

保健室で借りた氷のうを返し、廊下に出る。歩き始めて少し経《た》つと、背中を軽く叩《たた》かれながら声を掛けられた。

「よっ。裕樹。どうしたの？」

「ああ、涼香か。ちょっと足を痛めた。で、今日はもう帰る」

「ふーん。そうなんだ。もっと頑張らないの？」

「お前は鬼か。怪我したんだ。休ませてくれ」

やや引きずっている右足を見せつけながら言う。

すると、涼香は少し申し訳なさそうに答えてくれる。

「そっか。捻挫ね。じゃあ、しょうがない」

「てか、なんで俺に話しかけてきたんだ？」

「帰ろうと思って歩いてたら、サッカー大好き少年の幼馴染が保健室に入るところを見てしまったんだよ。で、大丈夫かな～って、わざわざ声を掛けるために待ち伏せしてた。どう？　こんなに可愛《かわい》い私に心配されて嬉《うれ》しい？」

「可愛くないって言いたいとこだが、普通に可愛いんだよなあ……」

涼香の体つきは小柄なものの、出るところは出ておりスタイル抜群。目はパッチリしていて、唇は潤っていて艶《つや》やか。眉の形も優しそうだ。そして、なんといっても、ふんわりとボリューム感のあるボブヘアーがとても似合っている。

誰がどう見ても可愛い。以上。

「まあね！　ほら、元気出しなよ」

「あいよ」

「ちょ、雑過ぎない？　こんな風に裕樹と歩いていたら、ただでさえ、恋人だと周りに誤解されがちなのに、さらに勘違いされちゃう不利益を私は被ってるんだよ？」

「お前と俺が恋人なわけがないだろ。ただの幼馴染だ」

「まあ、私は裕樹にその気があれば付き合ってあげてもいいけどね？」

大胆不敵な笑みで俺をからかう。

誰がお前に告白するもんか！　と一蹴したいのだが……。

見た目もさることながら、中身も素晴らしい。

幾度となく喧嘩《けんか》したが、幾度となく仲直りし、今日も仲良しな幼馴染を続けている。

いまいち、恋人になった姿はピンと来ないけれども、普通に『あり』だ。

「涼香がどうしても俺と付き合いたいって言うのなら、考えてやってもいいけどな？」

とはいえ、今の関係性以上が想像できない。

だから、付き合いたいと望んではいない……はずだ。

「わお、意外だね。私と同じくらい可愛い妹の冬華《とうか》の告白はいつも断ってるくせに、私の告白はOKなんだ」

「冬華のことは涼香と違って、友達として見るんじゃなくて、妹っぽく見てたからなあ……」

涼香には妹がいる。その名も冬華。

彼女には何度も告白されているが、今も断り続けている。

断る理由は単純。俺は小さい頃からずっと冬華を妹のような相手として見てきたから。

涼香は異性として見れるクセして、冬華は見れないのだ。

「冬華はなしで、私はあり。ふふふ、さては、私のこと好きだな？」

「ちげーよ。異性としてありってだけだ。お前こそ、誰も好きになったことがないくせに、俺をありって言うあたり、俺が好きだろ？」

「違うよ？　別に、どうしても私は裕樹と付き合いたいわけじゃないし。ま、付き合いたくなったら、遠慮なく言いたまえよ？　裕樹くん」

わざわざ俺のことを『くん』付けで呼び、偉そうな涼香。

俺も対抗するかのように涼香を呼ぶ際に久しく使ってなかった『ちゃん』を付けた。

「涼香ちゃんこそ、俺と付き合いたくば、泣いて懇願してみろ」

「彼女いたことないくせに偉そうにしちゃって」

「お前だって、彼氏がいたことないくせして、何なんだよその余裕は」

今日も今日とて、俺と涼香は変わらない。

——ただの仲の良い幼馴染だ。

♡♡♡

気が付けば、家のある駅前まで帰ってきた。

怪我したことをやたらと心配してくれる優しい幼馴染は、酷いことを言いやがる。

「サッカーができない体になっちゃった裕樹を慰めるために、宝くじという新しい夢をプレゼントしてあげるね！」

「おい、サッカーができない体って言うな。本当に治らなかったらどうすんだよ」

苦情を入れるも、涼香はすでに財布を取り出し買う気満々だ。

しかし、財布の中身を見た後、気まずそうな笑みを俺に向けてくる。

「どうした？」

「夢はどかんと大きく、一口300円の奴を買おうと思ってたんだけどさ。一口100円のちょっとしょぼいのでいい？」

要するに金がないってことか。

ったく、高校生で300円も財布に入ってないのはどうなんだ？

「いくら足りないんだ？」

「150円！」

「おまっ。財布に150円しか入ってないのかよ……。それで大丈夫なのか？」

「うん、家に帰ったらお小遣い貰う予定だからへーき。で、もしかして、300円の方を買うために、裕樹がお金を半分出してくれるの？」

「せっかくだしな。あと、過剰に気遣われるのがムカついた。もし、高額当選したら、そのときは半分をお前に分けてやろう」

財布からお金を取り出し涼香に渡した。

「んじゃ、裕樹の言う通り当たったときは綺麗《きれい》に半分こで！　行ってくるね！」

遠慮ねえなこいつ。俺を慰めてくれるんじゃなかったのか？

そういえば宝くじに購入の年齢制限はあったっけ？　と思うのも束《つか》の間。

どうやら年齢制限など別になかった様子。

一枚の宝くじをぴらぴらと見せびらかしながら、涼香がこっちへ駆けてきた。

「買えたよ！」

「良かったな」

「もし当たったらどうする？」

「どうせ当たらないから期待しない」

「そっか。ちなみに私は当たったら、液晶タブレットを買う！」

「液晶タブレットって、確か、パソコンでお絵かきするあれだっけか？」

「そうそう。今、板のやつだからね……。あ、宝くじはどっちが持っておく？」

「お前が持っといていいぞ」

宝くじを大事そうにお財布に仕舞う涼香。

遠慮はなかったが、慰めようと何かをしてくれるし、中々にできた幼馴染だ。

いや、凄くできた幼馴染だな。今日の怪我は、痛みよりも精神的にきつかったので助かる。

「こっち見てどうしたの？」

「いいや、なんでもない」

助かったとお礼を言うのがなんだか恥ずかしくて、言葉をぐっと飲み込んだ。

素直にお礼を言えないのは、俺がまだまだ子供な証拠だ。

お礼の代わりにといってはなんだが、今度何か奢《おご》ってやるとするか……。

♡♡♡

衣替えも終わり、半袖の夏服を着るようになった。

あっという間に3年生1学期の期末試験間際《まぎわ》。言い換えれば、夏休み目前だ。

テストという最大の敵が待ち受けていようとも、皆の気持ちは浮足立っている。

夏休みになったら、どこへ遊びに行こうかなどと。

高校3年生の夏は、それぞれの進路に向けて頑張る一番の準備期間。

この時間をどう使うかで、将来の行く末は大きく変わるに違いない。

遊び呆《ほう》けるのはもっての外であるが……。

ちょっとくらいの息抜きはあっても罰は当たらないと俺は思う。

「3年生だし、遊びに行く余裕はそこまでない。だったら、1回で盛大に遊べるような海とか、山とか、泊りがけで行きたいよな……」

クラスメイトであり、かなりのイケメンである田中《たなか》が方針を決めていく。

進路に向けたあれこれで縛られる高校3年生。遊べる時間は僅かであり、限られている。

だからこそ、どう有意義な時間にするか、悩みに悩んでいるのだ。

「金はどうすんだよ」

もう一人の仲の良い友達である佐藤《さとう》が金の心配をする。

それは問題がないことに俺は気が付く。

「手元にお金を残してたら、またどこか遊びに行こうぜ？ってなるもんな。確かに、1回大きく遊ぶのはありだな。提案者の田中はともかく、佐藤はどうだ？」

「異議なし。今年は遊びに行く回数は少ない方がいいだろ。っと、先生が来たな」

話し足りないが、担任の先生が教室にやって来たので各々《おのおの》席に戻る。

先生が教壇に立ち、帰りのショートホームルームが行われる中、ふと頭をよぎる。

そういや、今日の涼香は俺と顔を合わせる度に、やたらとニヤニヤしていたなと。

今もそうなのか確かめるべく、涼香の方を見る。

俺と目が合うと、顔を歪《ゆが》める涼香。

うん、気持ち悪い顔だ。

一体、何が何だかようわからん。なんだよその顔、と睨《にら》むも……余計に酷くなった。

ほんと、何があったんだ？

♡♡♡

帰りのホームルームが終わるや否《いな》や、いきなり俺の背中が強めに叩かれた。

「帰りに、私の家に寄りたまえ！」

「何があったんだよ。今日のお前、本当にきもいんだが？」

「でへへ～。そりゃまあ……。まだ内緒！」

「お前の家に寄ればいいんだよな？」

「うん！」

涼香と一緒に歩き、久しぶりに涼香の部屋に行くべく三田家の玄関を入る。

最悪なことに、涼香の母であり、俺がおばさんと呼ぶ人に出会ってしまう。

昔からずっと綺麗なままで、老いを全然感じさせない凄いお方だ。

顔にしわはなく、体型もモデルかってくらい、すらっとしている。

涼香と一緒に歩いていると、姉妹に間違われるときもあるらしい。

若さの秘訣《ひけつ》はシンプル。夫にいつまでも綺麗な自分を見ていて欲しいと思うことだそうだ。

「あらまあ、珍しいわね。裕樹君がうちに来るなんて」

「おばさん。お久しぶりです」

「うふふ、礼儀正しくなっちゃって。敬語なんて使わなくてもいいのよ？　それに、おばさんじゃなくて、昔みたいに涼香ママって呼んでもいいのに」

「あははは……」

「で、今日は何用で来たのかしら？」

きらきらと目を輝かせるおばさん。

昔から、俺と涼香の関係性に興味ありで『いつ付き合うの？』などと言うくらいだ。

今となっては、涼香の家というか、三田さん一家が住まう家へ上がり込むことはほぼない。

そりゃ、いきなり家へ来たら、俺達の関係性に変化が起きたのかと、勘違いするよな。

「大事な話をするために連れてきただけだよ。はい、お母さんどいたどいた。あ、お菓子もジュースも別に持ってこなくていいからね？」

「はいはい。お邪魔しませんよっと。それじゃ、裕樹君。ゆっくりしていってね？」

おばさんと別れ、階段を上り涼香の部屋へ入る。

ほんのりといい匂いが漂う部屋は、伊達《だて》に漫画家を目指していない証拠に、オタクっぽいグッズがたくさんある。

久しぶりに入ったなと感傷に浸る間もなく、涼香は戸棚から銀行の通帳を取り出した。

「じゃん！　私もすっかり忘れてたんだけど、存在を思い出して番号を確認したら、なんとあの宝くじは当たってたんだよ！」

「ほほう。そういえば宝くじを二人で買ったな」

涼香から通帳を受け取り、金額の欄を見る。

どうせ、５０００円とかちょっと嬉しいような金額だったに違いない。

大袈裟《おおげさ》に見せつけることで、俺の期待を煽《あお》ろうって魂胆だろうな。

高を括《くく》って通帳を確認すると……。

え～っと。
一、十、百、千、万、十万、百万、千万……。
「じゅ、十億⁉」

「どう、ヤバいでしょ？　驚かせたくて一人で受け取りに行っちゃった！」

「まじか……。いや、まじか！」

ぐっと強く拳を握りしめ、喜ぶ。

涼香との約束通りであれば、半分は俺が貰えることになっている。

「ふははは、裕樹め。大人しく私に宝くじを奢られていれば良かったのに、ちゃんと半分こにしようだなんて言ったのは大間違いだったね！」

「まあ、額が額だ。別にどうってことない」

「さすが私の幼馴染。超優しいね。でさ、驚いた？　ねえ、驚いた？」

「めっちゃ驚いた。さてと、俺とお前で半分に……」

あれ？　いや、待った。

もしかして、これって……。や、ヤバくね？

「あ、これが当選証明書！　いや～、凄いよね。まさか、本当に当たるなんて」

「あ、ああ……」

当選証明書を見るも、そこに俺の名はない。

あー、これ、やっぱりダメそうなやつなのでは？

「顔色悪そうだけど、どうしたの？」

先に換金してしまって、俺を『驚かせてやろう』という魂胆はよくわかる。

持ち逃げしたくて沈黙を貫いていたわけではない。

俺にはっきりと、当選したよ！　と告げたからには、本当に俺の度肝を抜くため。

驚いたでしょ？　と満面の笑みを俺に向けてくる幼馴染。

とある可能性に気が付いた俺は、ちょっと気持ち悪くなってきた。

「ねえねえ、1等が当たるなんてヤバいよね！」

「本当にヤバいな」

能天気で事の重大さに気が付いてないお間抜けさんに言う。

「お、俺も詳しくは知らないけど、この世には贈与税なる税金があるって聞いた」

「ぞ、贈与税って何？」

「まあ、待て。俺も、お金を人にあげると掛かる税金って以外には何も知らない」

二人してスマホを取り出し、贈与税について調べ上げた。

贈与税とは、誰かに財産を貰った際に生じる税金だそうだ。税率は高く、金額が高ければ高いほど、高くなる累進課税方式。３０００万円を超えると、55％課税と非常に重い。

そして、贈与税を支払うのは受け取った側だ。今回の場合は俺が払う立場。

涼香から一括で5億円貰った場合、かなりの額の税金を国に支払わなくてはいけない。

もちろん防ぐ手段というか、宝くじを共同で購入しても贈与税なしに受け取る方法はしっかりとある。

複数人がお金を出し合って購入した宝くじの当選金を受け取りに行く際、当選証明書に共同で購入した全員の名前を書いて割合を決めれば良かったそうだ。

そして、受け取りを済ませてしまった今。

実は二人でお金を出し合い買ったくじですと、後出しは難しいだろう。

ほぼ100%の確率で贈与税逃れの言い訳に見られるに決まっている。

曇った顔になった涼香に、俺は頭を抱えながら伝えた。

「想像以上にやべえかもな……。涼香から一括で5億貰ったら半分以上消えるぞ？」

「えっ？　は、半分もなくなっちゃうの？」

「たぶんな」

「私達の勘違いってことは……」

「限りなく薄いと思う」

当選して嬉しいが、それ以上に涼香のやらかしが俺達の顔を真っ青に変えていく。

あわあわと手を震わせ、唇を震わせ、涼香は俺の目を見つめ助けを求めてくる。

「ど、どうしよ」

「まあ、落ち着けって」

「そうは言うけど、落ち着いてられるわけがないじゃん……。ねえ、どうなるの？」

「どうにもできないだろ。高額な税金を支払うしかない。いや、税金を少なくするために、少額ずつ俺に渡すのもありか……」

「10億の半分の5億を税金なしで渡そうと思ったら、どのくらい時間が掛かるの？」

「えっと、年間110万までは贈与税は課税されないらしいから……」

「約454年？」

贈与税は知らなかったが、頭の回転が速い涼香はすぐに答えを出してくれた。

「5回くらいは死ねるな」

「ゆ、裕樹、怒ってる？」

「少しな。でも、俺とお前の仲だ。起きたもんは起きたんだ。しょうがない」

「う、うん。ごめんね。私のせいでさ……」

「気にするなって。そもそも、お前が宝くじを買おうだなんて誘ってくれなきゃ一銭も入って来なかったんだからな。お金が貰えるだけありがたい」

「でもお……」

「ほら、泣くなって」

泣き崩れそうな涼香を慰めてやるが、俺も息をするのが苦しくなってきた。

大金を手に入れたのに、ちょっとしたミスでこんなにも失うのかよ……。

後悔がどんどん膨らみ、嬉しさと悔しさに同時に襲われ、意味がわからない。

もう俺と涼香だけでは解決できない気がする。

他にも色々と落とし穴があるかもしれない。誰か頼れる大人にこの事態の収束を手伝って貰うのが最善だ。ひとまずは、涼香の母であるおばさんにでも相談しよう。

部屋のドアを開ける。

すると、おばさんが口を大きく開けて、ポカンとした顔で床にへたり込んでいた。

「なにしてるんですか？」

「久しぶりに娘が裕樹君を連れてきたから気になっちゃって。なんというか、盛大に凄《すご》い話が聞こえてきて茫然《ぼうぜん》としていたの」

「あ、はい」

「うちの子がやらかした？」

「盛大に」

「ごめんなさい。うちの子が……」

「で、まあ、これからどうしようかなと。俺と涼香じゃ解決は無理そうなので、ひとまず、おばさんに話そうかなと思ってたところです」

「ま、まあ、あれよね。贈与税を気にせず、二人でお金を分けるためにどうすればいいかって、相談しようとしているのよね？」

盗み聞きされていたおかげで説明不要で助かる。

「はい。それ以外にも相談したいことはあるけど、最も大きい問題はそこです」

涼香の母親は頭を悩ませた。

無言で目を閉じ、唸《うな》りながら何か良い案を必死に考えてくれる。

そして、数十秒後。おばさんはとんでもない妙案を俺達にぶつけてきた。

「結婚とかどうかしら？」

「は？」「へ？」

俺も涼香も間抜けな声をあげる。

いや、なぜ？　と反論する前に、おばさんの説明が続いた。

「扶養家族同士なら、生活に必要として認められるものに掛かったお金であれば、贈与税は掛からないわ。贈与税のせいで、絶対に当選金の分け方で揉《も》めちゃうと思うの。なら、裕樹君は涼香と結婚すれば問題なしよ。そうすれば、ある程度は同じ財布で生きられるんだもの」

「いや、ふざけてませんか？」

「そ、そうだよ。お母さん！　ふざけないでよ？」

「分けようとするから、揉めるの。そう、分ける必要がなくなれば、揉めないし、税金も掛からないわよ？　これのどこが、ふざけてるっていうのかしら。お、お母さんだって、結構頑張って考えたのよ？」

「偽装結婚になるわけで……。普通に脱税になるんじゃ……」

「あらあら、偽装だなんて言わないの。互いに好き同士じゃない。二人は互いのこと、意外と悪くないと思ってるのを、私は知ってるわ」

「ありと言えば、ありですけど」

「じゃあ、問題なしね。裕樹君は何度も冬華に告白されてもダメなのに、涼香はあり。それって、普通に好きってことでしょ？　うんうん。今のあなた達が結婚しても、それは普通の結婚。偽装結婚なんてふざけたものじゃないわ！」

勝手に捏造《ねつぞう》された恋愛感情はともかく、おばさんが出してくれた案は……。

あれ？　最適解なんじゃないか？

家族となり、同一生計で暮らしていれば、俺が大学に通うときの学費を涼香がポンと丸々出そうが贈与税は掛からないし、俺が外食したときに涼香がひょいと支払ったとしても、生活費としての範囲に収まる。

制約は多いが、それでも悪くない案かもしれない。

「裕樹がきっかり5億使えるように渡そうとしたら、10億以上必要だって……」

涼香はスマホで贈与税についてより調べ、さらに青ざめている。

おばさんの言う通り、俺と涼香できっちり分けるとなったら、たぶん大荒れだ。

当選金を巡った血みどろな争い（？）が……始まるかもしれない。

そして、今この段階では俺が圧倒的不利だ。

涼香に宝くじを持ち逃げされたら、共同購入した証拠も乏しいし、裁判しても負けそうだ。

心変わりされて、持ち逃げされるかもしれない。

いきなり涼香が俺の前から姿を消したら、俺は悔しくて地の果てまで追いかけるだろう。

だけど、結婚すれば、今抱いた不安は消えたも同然だ。

結婚して涼香と同一生計を立てれば、贈与税なしに色々とお金を受け取れる。

家賃、食費、水道光熱費、これらの生活費を涼香に出して貰える。

車も俺名義ではないけど、涼香名義のものを自由に使えるはずだ。

とはいえ、結婚か……。いや、俺が涼香と結婚するのか？

馬鹿げたことを考えていると、涼香はいきなり俺の前に立った。

「ふ、不束者《ふつつかもの》ですが、よ、よろしくお願いします」

「か、軽いな。お前は、いいのかよ……」

「裕樹が5億円を丸々使えるように私がお金を渡そうとしたら、10億円以上を渡さないと、贈与税のせいで無理。そしたら、私の分のお金が全部なくなるもん。なら、裕樹と結婚した方がましでしょ？　だって、私だってたっぷりお金欲しいもん！」

だいぶ錯乱している様子の涼香。

何年も掛けて俺に渡すことで、節税も可能だが、やっぱり税金はそこそこ掛かる。

それどころか、長い年月を掛ければ、その途中で揉める可能性は大ありだ。

「大丈夫。お嫁さんとして、裕樹と仲良くできるように頑張るし、めっちゃ尽くすよ？　だから、ね？」

異性として『あり』である女の子と一緒になる。

もし、俺が涼香の申し出を断ったとして、喧嘩で済めばいいけど、そうはならなさそうな気がしてならない。

今も仲良く、これからもそういう関係は続くと思っていた。

──揉めた末に仲違《なかたが》いはしたくない。

だったら、俺のすべきことは一つなのかもな。

「結婚してみるか。そっちの方が得そうだし」

「いいの？　裕樹は私に、さっさとお金を寄こせって言えるんだよ？」

「そんな酷いことはしないって。なんというか、あれだ。お前とは揉めたくない。だったら、結婚するのも……悪くないのかもしれないってだけだ」

「じゃあ、決まりだね……」

改めてメリットに意識を向けた。

結婚してしまえば、涼香が買った家に俺は住めるし、涼香が買った車も使い放題。物の所有権自体は涼香が持っているが、俺もほぼ自由に使える。

馬鹿げているが、せっかくの当選金をびた一文も失わずに済む方法である。

こうして、俺と涼香は、何故《なぜ》か結婚することになったのだ。

てかもう、結婚、結婚、結婚、って、『結婚』という言葉を一生分と言っていいほど、使ったし考えた気がする……。

♡♡♡

俺と涼香は結婚をすることになった。
親を交え、色々と話し合った結果。
「とんとん拍子で怖いんだが？」
すんなりと、ことが進んでしまっている。
反対されるどころか、大賛成ムードなのが怖い。
そしてまあ、うん。
俺と涼香だけが少し腑に落ちないまま、どんどん時間は進んでいく。
今日はお祝いと称し、俺と涼香の家族で食卓を囲んでいる。
そして、俺達への質問はひっきりなしで本当にしんどい。
式はいつ挙げるのか？
新婚旅行はどこに行くのか？

孫はいつ？

色々と根掘り葉掘り聞かれながら、盛大に祝われる。

俺と涼香が二人で肩を縮こまらせ耐え忍んでいる中、お酒はあるがおつまみがなくなってしまったらしい。

まだまだ俺と涼香を祝う気満々な親共は、コンビニへと向かおうとする。

「わ、私と裕樹で行ってくる！」

「あ、ああ。俺と涼香で行ってくる」

などと言い、二人して逃げ出す。

夜とはいえ、季節的にもう蒸し暑い外に出たのだが、妙に清々しい気分だ。

コンビニまで歩き始めると涼香が大きな声で鬱憤を晴らす。

「あ～、しんど！」

「だな」

「はあ……。ごめんね。私が驚かそうと思って勝手に一人でお金を受け取ったせいで、色々と凄いことになっちゃって」

「まあな。ちょっとは反省しろよ？」

「うっ。だよね……」

ちょっと責めただけで、すぐにしょんぼりしてしまった涼香。

別に軽い気持ちで反省しろと言っただけで、傷つける気はなかった。

確かに、涼香のしたことは取り返しがつかないと思うけどさ。

なんだかんだで幼馴染であるからこそ、落ち込んだ顔をされていると励ましたくもなる。

涼香が、怪我した俺を励ましてくれたのと同じように。

「そんなにしょげるなよ」

「あはは……。裕樹は怒ってもいいんだよ？　私と結婚するなんて……本当に大丈夫？」

「ちょっと手を貸せ」

俺はいきなり涼香の手をぎゅっと強く握る。

「な、なに？」

「俺達はお金で得したいから結婚を選ぶ。けどさ、結婚してもいい相手だって思えるからできることだろ？」

「一緒に宝くじを買った人が裕樹じゃなくて、知らないおっさんだったら絶対に嫌だもん」

知らないおっさん。俺の立場で言い換えると、知らないおばさん。

確かに嫌だなとか苦笑いを浮かべながら、俺は涼香を安心させるような言葉を絞り出す。

「結婚して思いのほか、お前と上手《うま》くやっていけたのなら……。宝くじの当選金をどう分けようかだなんて心配なく、お前と一緒に幸せになれるかもしれない。ダメだったら、あれだ。別れて、俺とお前で当選金をどうするか揉めよう」

「ごめんね。迷惑かけて」

「ああ、迷惑だ。けどまあ、あれだ」

頭によぎった内容が気恥ずかしくて、口に出すことができない。

今、俺が握っている手は寒くもないのになぜか震えている。

横で震える彼女を慰めるためにも、俺は勇気を振り絞った。

「あ〜、お、お前って」

「う、うん」

「可愛いし胸もでかい。愛想《あいそ》もよくて、誰からも好かれる女の子だろ？　そんな子がお嫁さんになってくれるとか普通に嬉しい」

俺の顔がかあっと赤くなる中、手を繋《つな》ぎ歩く涼香も、普段からは想像もできない言葉を俺に言ってくれる。

「ありがと。私も裕樹みたいな格好良い男の子と結婚できて嬉しいかも。でもさ、胸もでかいは余計だったよ？」

「あー、悪いな」

「えへへ。でもまあ、嬉しかったから許してあげる」

ぎこちなく握られた手。

互いの熱を感じながら、俺達はコンビニへ向かって歩いた。

♡♡♡

すっかりと夜も更《ふ》け、結婚？　の前祝いは終わりが近い。

片付けが終わるまでの少しの間、涼香の部屋で俺は話していた。

もちろん話し相手はお嫁さんになる予定の子である。

「さっさと一緒に暮らせってどういうことだ？　家から追い出される？　ってことか？」

「そうだろうね」

「宝くじを当てたお金がある。部屋はまあ、ワンルームとして……」

「いやいや、ダメに決まってるじゃん。何、一人暮らしするつもりなの？」

言われて気が付いたが、俺と涼香は夫婦で、別居する理由はないな。

「涼香と同棲《どうせい》か……まあ、夫婦だしなんの問題もないか」

「同棲は結婚してない男女が使う言葉。私達の場合、同居だよ？」

「同棲を通り越して、同居。だいぶ、通り越したな」

「ねえねえ、いっそのこと家買おうよ！　お金持ちなんだし」

「雑だな。家買ったらその土地に定住しなきゃなんないし、まだ早くないか？」

「でも、家を買うのって夢が溢《あふ》れてない？　今の世の中、賃貸で十分だ！　って声も増えてきたけど、やっぱりワクワクしちゃうと思わない？」

わかる。家を持っているというのは誇れる気がする。

家を買って、満足のいくまで好き放題に弄《いじ》る。

そのロマンは計り知れない。

「オタク部屋作って～、映画見るためのお部屋も作る。んふふ、やっぱり家欲しいかも」

漫画家を目指している涼香。

部屋には本もたくさんあるし、アニメ関連のグッズもたくさん。

家を買い、もっと大きなオタク趣味用の部屋を作る。

そういう部屋を作る想像をするのが、本当に楽しそうだ。

「宝くじって本当に夢あるんだな」

「どうする？　家買っちゃう？」

「焦《あせ》るなって。大きい買い物なんだから慎重に……」

すっかりその気になってしまった涼香のブレーキを踏んであげる。

しかし、アクセル全開で涼香は止まりやしない。

「お庭はやっぱり欲しいよね？」

「ほんと浮かれてるな……。っと、片付けが終わったからお開きだってさ」

スマホに片付けが終わったとメッセージが届いた。

主役達に後片付けはさせられないと言われたので、今のこの時間は、涼香の部屋で話していただけである。

座っていた俺は立ちあがると、涼香はわざとらしく口を尖《とが》らせて俺に言う。

「お別れのちゅ～でもする？」

「いきなり何を……って、まあ、夫婦だしな。とはいえだ。色々と通り越したが、あくまで、まだ夫婦（仮）だ。今は止《や》めておこう。雰囲気に呑《の》まれ、わざと夫婦っぽいことをする必要はない。変に焦っても失敗するだけだ」

「んじゃ、私の旦那さんよ。元気でね？」

「俺のお嫁さんこそ、いつまでもくよくよしてないで、明日は元気に学校に来いよ？」

強調して言い合った旦那さんとお嫁さん。

その言葉がもどかしくて、二人して口を綻ばせてしまう。

嫌いじゃない相手との、結婚生活はこうして始まったのだった。

涼香 Side

「ふ〜、今日は疲れた」

少しぬるめのお湯が溜《た》まった湯船に入りながら、私は今一度後悔する。

裕樹を驚かしてやろうと思ったのが間違い。

お金関係でふざけるなんて、よくよく考えなくてもダメだった。

簡単なことに気が付けなかった私は、湯船に顔の下半分を沈め、子供みたくロでぶくぶくと水面を揺らし続ける。

ある程度、揺らした後、私は顔を上げた。

「一緒に受け取りに行っていたら、な〜んも問題なかったのに」

てか、失敗を帳消しにまでとはいかないが、小さなものに変えられる結婚という手段はどうなんだろ?
本当に結婚する必要ってある?
「んーーー。でも、やっぱり結婚した方がいいよね」
裕樹と私が宝くじを一緒に買い、当選したら半分にするという証拠は口約束だけ。
ここで私がごねたら、それがまかり通るかもしれない。まあ、やらないけど。
当選金を受け取る権利は裕樹にもあるが、根拠が乏しいし不利なのは明らか。
私の逃げ道を絶つためにも、結婚するのは裕樹にとってベストな選択だよね。
って、何を偉そうな立場で語ってるのだ私よ。
「裕樹は当選金を私もたくさん使えるように考えてくれてるのにね」
私のうっかりで生じた税金によって減るであろうお金。
帳消しとまではいかないだろうが、減らすために裕樹は譲歩してくれた。
――私のために。
でも、私は酷い。
結婚しよ?　だなんて勢いよく口走った。
正常な判断力を失っていたとはいえ、なんというか本当に醜い。
金に魅了され、すぐに自分勝手に振舞う。

せっかく手に入れたお金が減るのが惜しくて、裕樹に結婚しようと即決を迫った。

「お母さんの言う通りかも」

普通に当選金を分けようってなったら、こりゃ絶対に揉めるね。

どんどんと悪い考えが私を蝕《むしば》んでいるし。

裕樹との約束は口だけだし逃げちゃえ！　だなんて考えが思い浮かぶ時点でダメ。

いや、逃げるつもりはないよ？　でもまあ、頭によぎってしまっている時点で『逃げる』という手段が候補に挙がっているのと同じ気がする。

今は理性を保てているが、そのうち保てなくなる可能性はなくはない。

「にしても、やっぱり裕樹は良き幼馴染だね」

私の失態は裕樹に愛想を尽かされるに値する。

それほどまでのポカ。

私は『ああ、これは裕樹とはもう仲良くできないかも』と絶望しかけた。

なのに、裕樹は凄く優しくて、私を見放さなかった。

それどころか、やってしまったのはしょうがないと言い、二人が最大限得する未来を一緒に考えてくれた。

不思議な優しさを持つ裕樹。

「ありだよね」

結婚できる。普通に楽しそうな気がする。

幼馴染としての関係で十分満足していたけれども、別に嫌いなわけでもなく普通に恋人になってやらんでもないと言える相手。

それに、今日だって不安な私の手を握ることで慰めてくれた。

裕樹は私に優しくしてくれるいい人だと再認識できた。

だったら、まあ、うん。

「全力で幸せになってみよう」

幸せは訪れるものではなく、手に入れるもの。

裕樹のことを、好きな人として見てみよう。

唐突でリアリティのないこの現実を受け止め、私は前を向く。

ネガティブよりもポジティブの方が絶対に楽しいと思うでしょ？

「へへへ。あの体が好き放題にできるのは悪くないよね」

引き締まった幼馴染の体。

何を隠そう私は男の肉体美が大好きだ。あの引き締まった体はもう凄く好き。

お嫁さんになったからには、たくさん見てもいいってことだよね？

これからの生活に私は思いを馳《は》せる。

夫婦っぽくはないけど、楽しそうな日々は十分思い描けた。

「それにしても、最近の裕樹って色々きつそうだなあ……」

今年の春。私が宝くじを買ってあげた日、裕樹は怪我をした。

それから、裕樹はずっと調子を崩している。

高校3年生は、進路を真面目に考えて、それに向けて頑張らなくちゃいけない。

私もそうだし、裕樹もそう。

私が応援するサッカーが好きな彼は、もう夢を終わらせる踏ん切りをつけていた。

最後の大会は頑張って、清々しい気分で引退できるように全力を尽くしていたのに……。

周りから誤解されたらしい。

「わからなくもないけど、あんなの裕樹が可哀《かわい》そうだよ」

あのときもっと頑張れば良かった。

裕樹は、そういった悔いを残さないために、練習で張り切った。

けれども、それを誤解されてしまったらしい。

プロになるために、自分のために全力を尽くしていると。

裕樹の実力はチーム内で見たら、誰が見てもずば抜けている。本気を出せば出すほど、周りはついて行くのに精一杯で苦しくなってしまう。

チーム内で彼に劣等感を抱かない選手はいない。

だからこそ、歪んだ見方をされてしまったのだろう。

もしかしたら、裕樹は結果次第でプロスカウトに声を掛けて貰える。

努力が報われるかもしれない裕樹に対し、自分達はどうなんだ？　と比べてしまった。

ここで頑張ろうが、裕樹と違って行きつく先は変わらない。

だから、ムカつく。馬鹿正直に最後の大会に向けて、頑張る裕樹を見るのが。

妬みである。自分にないものを持っている裕樹が羨ましいんだろうね。

そんなんだから、裕樹の真の目的に気が付けない。

彼自身はプロなんてもうどうでもよくて、最後を楽しく終わらせたいってだけなのにね。

「……ほんと、最悪だよ」

裕樹は陰で悪口を言われているのに、気が付いていた。

すごく苦しそうだけど、それでも挫《くじ》けずに頑張っていた。

なのに、なのに、なのに。

「あれはないよ……。最低でしょ……」

裕樹が怪我した日。私は保健室に入るところを見たから、待ち伏せしていたと言った。

あれは嘘《うそ》。家に帰るとき、グラウンドの方を見ながら歩いていると、裕樹が故意に転ばされたのを目撃してしまった。

ほとんどの人がそんなことをされれば、心に深い傷を負う。

超きついね。私だったら絶対に泣くもん。

だから、少しでも励ましたくて私は待ち伏せをした。

これから、夏の大会を一緒に頑張ろうってときの裏切り行為。

体の痛みなんかよりも、精神的な苦痛は計り知れない。

案の定、裕樹は本来の力を発揮できなくなっているし、部活もサボっている。

怪我はもう完治しているし、全力を出せるはずなのにね。

私が犯したうっかりをなかったことにするために、裕樹は私と結婚してくれる。

「裕樹のくせに、格好良いなんて悔しいじゃん……」

やられたら、やり返す。

辛《つら》そうにしている裕樹を助けてあげることで、やり返そうじゃないか。

「ん～、もしかして私って裕樹のこと、普通に好きだった？」

ちょっとした疑問を抱いたが、私はすぐに否定した。

「いいや違うね。幼馴染だから面倒を見てあげなくちゃって感じでしょ！」

第2話　始まる夫婦生活

宝くじの当選金。下手に分けようとして揉《も》めるなら、分ける必要がなくなる夫婦になっちゃえ！　などというふざけた結論を出して数日が経《た》ち、結婚祝いと称した宴《うたげ》が開かれた次の日のことだ。

俺は学校が終わるや否《いな》や、一度家にカバンを置いて、徒歩5分の涼香《すずか》が住む三田《みた》家へ。

おばさんに家へ上げて貰《もら》うと、ソファーにはすやすやと眠る涼香がいた。

「今寝たばかりだから、少しだけ寝かせておいてあげて？」

「やっぱり、色々と精神的にきついんだろうな……」

「いえ、深夜アニメを見るために夜更《よふ》かしをしていたからだと思うわ」

そう言われると起こしたくなる。

ただまあ、俺も鬼じゃないので少しだけ寝かせてあげることにした。

「で、裕樹《ゆうき》君は涼香と婚姻届を出す日を決めにきたのよね？」

「やっぱり、俺は高校卒業まで待った方が……って思ってます」

４月に誕生日を迎えて18歳になった俺と涼香。もう、結婚できるのだが、世間の目は厳しい。18歳はまだまだ子供で、周りは大人として見てくれるとは限らない。

卒業してから、婚姻届けを出そうと思っていたのだが……。

「うふふ。裕樹君にいいことを教えてあげるわね」

「な、なんです？」

「涼香は今、裕樹君に負い目を感じてる。ちょっと強引な要求をしても断ることはあまりないと思うの。そして、結婚しちゃえば、さらに好き放題のやりたい放題よ！」

「……テンション高いですね」

可愛《かわい》らしい声で俺の好奇心を煽《あお》ってきたおばさんは、さっきからずっとニコニコだ。

「さっさと裕樹君のとこに嫁がせて、私もお父さんとしっぽり仲良く過ごしたいし。ほら、今、冬華《とうか》は寮暮らし。帰ってくるのはたまにだし涼香もいなくなれば……ね？」

「まだまだ仲良いんでしたっけ？」

「ええ。涼香ったら酷《ひど》いのよ？　私とお父さんがリビングで仲良くしてると、嫌そうな顔でこっちを見てくるんだもの。冬華は『ラブラブしてる！』ってのりのりで私とお父さんを弄《いじ》ってくれるのに」

「あ、はい」

これ、涼香のこと厄介払いで俺に嫁がせようとしてないか？

自分が夫とイチャイチャするために、涼香を俺に押し付けてる気が……。

「あ、そうだ。二人とも今の高校までちょっと遠くて困っているでしょ？」

ちょっと郊外にある俺と涼香が住んでいる街。

さらには少し遠い高校を選んだせいで、1時間45分くらいかけて通っている。

その移動距離はすごく煩わしいが……。

「そうですけど……」

「じゃあ、良い物件探しておくから任せなさい！　一生を過ごせる凄《すご》い家をね」

「え、いや。えっ？」

「新婚早々だからこそ、誰にも邪魔されない愛の巣が必要じゃないの。涼香も家が欲しいって言ってたから、不動産屋をやってる知り合いに声を掛けておくわね」

「お、俺達だけで話してもしょうがないので、それは追々と」

話の流れを断ち切ろうとするも、学校から帰ってくるや否や、すぐにソファーで昼寝してしまっていたらしい涼香が目を覚ました。

「あ、裕樹、来てたんだ。ごめんね。なんか眠くてさ」

「ぐっすり眠れたか？」

「びみょ～。で、お母さんと何話していたの？」

「あなた達、結婚するじゃない？　だから二人で暮らせば？　って話をしていたわ」

「うんうん。一理あるね」

涼香の返事を聞いたおばさんは、にんまりと笑った。

「それじゃあ、二人暮らしに向けて頑張りましょうね。っと、話が随分と逸《そ》れてしまったわ。婚姻届をいつ出すか涼香と相談しにきたのよね？」

涼香が昼寝していたので、少しばかりおばさんと話していただけであり、本題に戻る。

今すぐは、ちょっと早すぎる気がしていたのだが……。

涼香はすぐの方がいいでしょという顔だ。

いや、そんなほいほいと簡単に俺と結婚して大丈夫か？

「あらあら、さすが私の娘。好きな相手に積極的じゃない」

「ち、違うし。ゆ、裕樹に迷惑を掛けたくないからだし」

「涼香が平気なら……俺は今すぐの方が都合はいいと思ってる」

「じゃあ、今すぐに結婚しよ。お母さん、書類は何が必要なんだっけ？」

すぐに婚姻届を出すための準備を始めた。

そして、相談をした日から4日が経った月曜日には、すべての準備が整った。

市役所が閉まるぎりぎりに俺と涼香は書類一式を揃《そろ》えて提出する。

あまりにも俺達が若いこともあり、職員さんには物凄く心配されてしまう。

本当に大丈夫ですか？　と何度も何度も職員に質問をされた末に……。

「ご、ご結婚おめでとうございます」

婚姻届は受理されたのであったとさ。

♡♡♡

まさかこの年でお嫁さんを貰うとは思ってもみなかった。

三田涼香から、新藤《しんどう》涼香になった俺の妻は、市役所から出るまで無言。

しかし、外に出ると面持ちが柔らかくなる。

「えへへ。照れちゃうね」

ほんのり頬を赤らめている涼香。複雑な事情が入り乱れている俺達の結婚。

だというのに、それを感じさせない晴れやかな顔つきで照れている。

「よく、そんな風に笑えるな」

「だって、裕樹のこと嫌いじゃないし。尽くしてあげてもいいと思えるくらいの相手だよ？　それなら普通に一緒になれたんだから、なんか嬉《うれ》しくない？」

「涼香って俺のこと、そんなに好きだったたっけ？」

「普通にクラスの男子の中では一番ありだったからね」

「あ、ありって、付き合うとしたら……ってことだよな？」

それ以外の何がある？　という顔で見られた。

「私と結婚するのやっぱり嫌だった？」

「いいや、正直なところ楽しそうだなって。昨日さ、寝る前に、お前とデートしたり、一緒に暮らしたりって色々と想像してみたらさ……なんか、楽しそうって思えたし」

顔が熱くて、くらくらとする。

幼馴染《おさななじみ》として友達のように接してきた相手に、色々と語るのが妙にこそばゆい。

「顔真っ赤だね」

「お前の方が赤いからな」

「そう？　あ、ねえねえ、今日はこれからどうする？」

「一応、受験生だし勉強するつもりだ。ほんと、そろそろ頑張らないと不味《まず》いし」

「私も勉強しなくちゃ。お金があるとはいえ、大学生になって、青春を楽しみたいからね」

老後まで困らないお金はあるが、お金では買えないものなんてこの世に溢《あふ》れている。

大学生活という青春を、みすみす捨てる気はないようだ。

涼香は勉強に対するやる気と本気で溢れている。

「てか、勉強もそうだけど、部活の方は大丈夫なの？」

俺の足をちらっと確認しながら涼香が聞いてきた。

怪我《けが》自体は治ってはいるものの、俺はあまり部活に行っていない。

治りが悪く、悪化したら嫌だという理由を適当にぶら下げて。

昔からサッカー選手になるという俺の夢を知っていて、応援してくれている涼香。

俺が引退前の試合に、熱を注いでいたのもよく知っている。

応援は嬉しいし、それに応《こた》えたい。

でも、俺は怪我をして以来、サッカーというものが嫌いになってしまったようだ。

宝くじを買ったあの日。俺は自分で転んだんじゃなくて、転ばされた。

俺がプロ入りするために頑張っていると思われたせいだ。

そりゃ、ムカつくよな。悔しいよな。

先があるかもしれない奴《やつ》が、必死に頑張っている姿を横から眺めているのはさ……。

でも、それでも俺に足を引っかけて、わざと転ばせるか？

仲良くやって来たと思っていた仲間に裏切られた。

いいや、違うか。そもそも最初から、俺達は仲間じゃなかったんだ。

怖い。俺だけが仲良くできていると勝手に思い込んでいただけで、周りは別になんとも思ってなかったのが。

だから、治ってるはずの怪我を理由に部活をサボり続ける。

こんなこと、俺を応援してくれている涼香に打ち明けられるものか。

失望されたくないからこそ、愛想笑《あいそわら》いを作った。

「まあな。最後の大会に向けて、また怪我したら今までの頑張りが無になる」

「変なこと聞いてごめんね？」

悲し気な顔で涼香はこっちを見ている。

そんな彼女に対し、変に気遣われるのも嫌だし虚勢を張った。

「頑張るから安心しとけ」

「うん、それじゃあ期待してる」

「にしても、律儀《りちぎ》だな。昔からずっと応援をしてくれてるなんてさ」

「裕樹は私の夢を馬鹿にしなかったからね。というか、私が漫画家を目指してるって言うと普通は笑われるのに、裕樹はなんで笑わなかったの？」

昔の涼香はとてつもなく絵が下手だった。

今は上手《うま》いのだが、本当に見れたものじゃなかった頃が懐《なつ》かしい。

下手なのに、漫画家を目指していると周りに言っていたので、なれるわけがないと超馬鹿にされていた。

でも俺は、小さい頃からお絵かきが大好きで、毎日のように絵を見せにくる涼香のことを知っていた。お絵かきが上手い子よりも、絶対に描いた絵の数は涼香の方が上なのを見ている。

「ちゃんと本気だったからだ」

「ありがと。そう言われると照れちゃうや」

「俺が応援してるんだ。これからも頑張れよ？」

「それは裕樹もだよ。サッカー大好きなんだから、これからも……頑張ってね」

頑張れという声援が、ズキズキと胸の内に突き刺さる。

俺は応援してくれる涼香のためにちゃんとしなきゃ……いけないのに。

治ったはずの足が、何故《なぜ》か思い通りに動いてくれない。

♡♡♡

その後、涼香はファミレスの看板を見て、目を輝かせながら俺の袖を引っ張る。お祝いにケーキ食べよ？　と。

仲良くする気満々なお嫁さんを無下に扱うわけにもいかない。

でも、ファミレスには寄らないことにした。

「ファミレスじゃなくて、こっちは？」

俺が指さした方向にはこじゃれたカフェがある。

「ファミレスは美味《おい》しいけど、ここは雰囲気のあるとこもありかもね！」

「じゃ、行ってみるか」

てなわけで、ファミレスではなくおしゃれなカフェへ。

凝った内装で落ち着いた雰囲気。

自分で誘っておいたくせに、男子高校生である俺にはハードルが高かった。

体がそわそわして、めっちゃ落ち着かない。

「涼香って、こ、こういう所に入った経験はあるのか？」

「たま～にね。裕樹って、もしかしてこういうお店ってあんまり入ったことない？」

「男子高生は彼女でもいなきゃ、こんなおしゃれな店に入らないからな……」

「さてと、このフルーツタルトも食べたいし、このイチゴがふんだんに使われているケーキも捨てがたい。ねえねえ、裕樹。それぞれ頼んで半分こにしない？」

「両方頼めばいいだろ」

「な、贅沢《ぜいたく》な……。いや、そうだね。贅沢に頼んじゃおっと」

店員さんを呼び、豪快に一人二つずつケーキを頼んだ。

飲み物は、俺がコーヒー、涼香が紅茶だ。

注文を終えて数分後、テーブルにケーキと飲み物が運ばれてきた。

キラキラと宝石のように輝く果物がふんだんに使用されたケーキは美味しそうだ。

涼香は紅茶で少し喉を潤した後、パクリと食べる。

「ん～～～～。んまっ」

子供みたいに可愛らしく唸《うな》る涼香を見て、心が洗われる。

幸せそうに食べる姿を見ているだけで、こっちも幸せな気分になれる。

見てないで、俺も食べるとしよう。

「うまいな。これ」

「でしょ？」

なぜ、お前が偉そうなんだ？

ま、細かいことはどうでもいいか。

それから、二人で会話という会話もせず、夢中になってケーキを食べるのであった。

♡♡♡

「ふー、食べた、食べた」

お腹《なか》をポンポンと叩《たた》き満足気な涼香。

そんな彼女は思い出したかのように俺に話す。

「お母さんがさ、私を追い出す気満々でさ〜。物件を不動産屋のお友達に見繕って貰ったわ！　だって。お父さんとイチャつくために娘を追い出そうって酷くない？」

「お、おう」

冗談だと思ったのに、ガチ目で涼香のことを追い出すつもりなおばさん。

夫とイチャイチャしたいと言っているが、たぶん冗談じゃないんだろうな……。

「あのさ、やっぱり裕樹は私と暮らすのは嫌?」

「嫌じゃないけど……。なんか、急すぎで気持ちが追い付かない」

「それはそうだけど、いつかは一緒に暮らすことになるんだし、別に早くても平気でしょ」

「ほんと、お前ってポジティブだよな」

涼香のポジティブな考え方は本当に尊敬する。

俺と結婚したことを、嫌がるどころか、だったら楽しもうという姿勢。

それが少しおかしく思えて、ついつい笑ってしまう。

「私のこと単純ってバカにしてる?」

「してない」

「なら良し! というわけで、お母さんに押し付けられた物件情報でも見よっか」

涼香はカバンからクリアファイルを取り出した。

中身は、マンションから一軒家まで結構色々とある。

「どれどれ……。ちなみに、涼香のお勧めは?」

「6LDK+Sのここ!」

「LDKまではわかるけど、Sってなんだ?」

「Sはサービスルームの略で、お部屋としての条件を満たせてない空間のことだね」

やけに詳しい涼香。たぶん、気になって調べたに違いない。

とはいえ、たまにいい加減なことを言っているときもあるので、改めてスマホで調べる。

「酷い！　お嫁さんを信用してくれないなんて……」

「はいはい」

雑にあしらいながら、Sの意味を改めて調べた。

なるほど。涼香の言う通り、部屋として認められない空間のことを言うらしいな。

イメージとしては、換気がしづらく、日光が入ってこないような感じか。

用途は様々で、収納部屋、書斎、軽い運動部屋、趣味の部屋、などと色々だ。

「で、買っちゃう？　ほら、身を滅ぼしたときの対策にもなるでしょ」

「一理あるな。宝くじ当てても、数年後には使い切ったとかよく聞くし」

「そうそう。家を買っとけば、とりあえず住む場所には困らなくなるからね」

二人で家を選ぶのは意外と楽しい。

あれやこれやと話がどんどん膨らむ。

「不安もあるけど、なんだかんだでこれからが楽しみだ」

「そうだね。あ、今度、実際に売っている家を見に行っちゃう？」

これからの生活に心弾ませているのは俺だけじゃない。

涼香も楽しそうな感じで、調子づく。

「一応受験生だぞ？　そんな暇あるか？」

「ちょっと時間を無駄遣いしても平気だって。大学受験失敗しても、将来安泰なくらいのお金を持ってるんだし」

「それもそうか」

金の力の偉大さには本当に頭が上がらない。

この段階で10億円を手に入れたことは、紛れもなく勝ち組人生を歩ませてくれる。

人生イージーモードに足を踏み入れた俺と涼香は、気持ち悪いにやけ顔で見つめあった。

「俺達、本当に凄いことになったよな」

「こりゃ、これからの人生頑張り甲斐《がい》がある！　漫画家を目指して定職もなく、落ちぶれて死ぬって可能性だけはなくなったもん！」

涼香の夢は漫画家。今となっては夢の形も随分と具体性が増してきている。

自身の体験を漫画に落とし込み、自分の目から見た世界を面白おかしく漫画という形で世の中に伝えたいそうだ。

最近はＳＮＳでそういう漫画がよく流れてくる。

それを見て、自分もこういう漫画を描きたいって思ったらしい。

「漫画と言えば、そろそろＳＮＳのアカウントを教えてくれよ」

「恥ずかしいからダメ」

描いた漫画や絵自体は、たまに見せてくれる。

昔と違い、普通に上手かった。誰に見せても笑われないレベルだ。

けど、漫画を投稿しているＳＮＳのアカウントは内緒だと言い張り、教えてくれない。

「ま、気が向いたら教えてくれ」

夢中になれるものについての話が出たからなのか、心配そうに涼香は俺に言った。

「裕樹もさ……。ほら、たくさんお金はあるんだし、勉強よりもサッカー部の方を大事にしてもいいからね？」

「怪我したせいで調子が出なくなっただけだ。もう十分に頑張ってる」

「あはは……。ごめんごめん」

涼香からしてみれば自分は好きなことを追い続けるつもり。

だから、俺も遠慮するなってことなんだろう。要らぬ心配しやがって……。

「サッカーに全力を注ぎすぎて、俺がニートになっても平気ってか？」

「別におかしくないでしょ」

「いやいや、うちの主人はニートなんです～って恥ずかしくないのか？」

「恥ずかしくないよ。だって、働く必要がないのに、無理して働くっておかしくない？」

お嫁さんの懐《ふところ》の深さには本当にびっくりする。

こういう風に理解のある相手と結ばれることができたのはありがたい。

「あ、働かなくてもいいけど、ちゃんと私には優しくしてよ？」

「涼香こそ、俺に優しくしてくれよ？」

「は～い。ごめんね。何度もサッカーのこと聞いちゃってさ」

「いいや、別に気にすんな。俺の方こそ、お前に申し訳ないって思ってる。怪我で高校最後の大会すら全力が出せそうにないのがな」

「何か困ったら私に言いたまえよ？　私は裕樹のお嫁さんなんだからね？」

「そうだな。困ったら助けてくれ」

「じゃ、最後にもう一言だけ！　最後の大会、頑張ってね？」

「……ああ、頑張る」

ああ、くそ。本当に情けないな……。

市役所を出たときもそうだ。涼香は俺に期待している。

それだからこそ、『チームメイトに嫌がらせ』を受けて以来、ダメダメなのが情けない。

第3話　最高のお嫁さんだって今さら気付いた

「はぁはぁ。きっつい……」
さっきからずっと息が上がりっぱなしで苦しい。
久しぶりにサッカーの練習を頑張ってみたら、この有様《ありさま》だ。
婚姻届を出した後、涼香《すずか》が俺の活躍を楽しみにしているのを痛いほど理解できた。
だからこそ、また真面目にサッカーを頑張ろう。
高い志を抱いたつもりでグラウンドに立つも、サボったツケは大きい。
すぐに息が上がって、走る速度も判断力もガクッと落ちる。
これだけだったなら、まだ良かったのだが……。
やっぱり、周りの奴《やつ》らが怖い。また、転ばされるんじゃないかと怯《おび》えてしまう。
俺に怪我《けが》をさせた奴が俺の方をずっとちらちら見てくる。
今更、なんで戻って来たんだ？　と言わんばかりだ。

俺の代わりにレギュラー入りする予定だった奴も俺を睨《にら》んだ。
そりゃ、俺が戻ってこなければ試合に出れるのだ。恨むのも無理はない。
信頼できる仲間だと思っていたが、全然そうじゃなかった。
「くそが！」
周りの目が怖くて、逃げ込んだ先のトイレの壁を思いっきり叩《たた》いた。
今日からまた頑張ろうとした。なのに、体は言うことを聞いてくれない。
挫《くじ》けるな。ここで終わるな。サッカーへ向けてきた情熱を捨てるな。
「俺、本当にサッカーが嫌いになったんだな」
……。
………。
…………。
いくら自分を鼓舞したところで、何も変わらなかった。

「帰ろう」

怪我のせいで、思うように動けないから大事を取る。そう言い残して、部活を早退した。

♡♡♡

サッカーに身が入らないのなら、高校3年生らしく受験を頑張ることにした。

のだが、机に向き合うも、集中力が続かない。

そもそもお金あるんだし、勉強して良い大学に通う意味あるか？

自暴自棄に悩みながら、勉強をしているふりをする。

そんなとき、サッカー部で比較的仲が良いと思っていた奴から電話が掛かってきた。

『いきなりで悪いんだけどさ。やっぱり戻ってきてくれよ。足引っかけた奴も、本当に悪いと思ってる！　だから、頼む！』

うちの高校は夏の大会におけるトーナメント表で運に恵まれたらしい。

今まで知らなかったが、1試合目を勝てば、4試合目まで相当に楽な戦いができる。

ただ、1試合目が中々に危うい。

同じくらいの実力を持つ高校が対戦相手なのだ。

勝てる可能性もあるし、負ける可能性もある。でも、絶対に勝てない相手ではない。

「俺の酷さを見たのにか？」

『いや、普通はあんだけサボってたのに、あそこまで、できねえよ。だからさ、頼む！

俺達が勝つために力を貸してくれ』

今日の練習中、俺は睨まれていたのではなく、期待の眼差《まなざ》しを向けられていたらしい。

どうやら、勝手に勘違いしていたようだ。

俺がサボっている間に、俺以外の奴も最後の大会に向け、エンジンがしっかりと掛かり、練習に真面目に取り組むようになっていた。

本気で勝ちたいという奴に頼られて、嬉《うれ》しいのは事実だ。

でも、遅いだろ……。

「じゃあ、なんで早く声を掛けてくれなかったんだ？」

『……』

「そもそも俺に足を引っかけた奴が電話を掛けて謝れよ。なあ、なんでお前なんだ？」

『面と向かって話しにくいって言うから……』

夏の大会を良い思い出にしたい。

戻ってきて欲しいと言っているのは、少し前までは、人を妬み羨み、足を引っかけてしまうような、やる気の見えなかった奴らだ。

そして、俺が怪我をして部活を休もうが、誰も心配の声すら掛けてくれなかった。

この事実は消えやしない。

『本当に悪いと思ってる。だから――』


「ふざけんなよ！！！」


思わず、スマホをぶん投げた。

都合のいいことを言われて、はいそうですかと頷《うなず》けるほど、俺は強くない。

荒れに荒れる俺は拳を握りしめ、物に当たるのだけは良くないと自分に言い聞かせ、自分の太ももを殴り続ける。

やるせなくて、しんどくて、どうしようもなく気持ち悪い。

そんなときであった。

会う約束なんてしてなかったのに、俺の部屋に涼香が入ってきた。

「裕樹《ゆうき》？　どうかした？」

俺はみっともない姿を見せたくなくて、取り繕う。

特に涼香には見栄《みえ》を張っていたんだから、猶更《なおさら》だ。

「別に何もないって」

「こんな画面がバキバキになったスマホが落ちてるのに？」

「それは落としただけだ」

「本当に？」

「本当だって」

「私達は夫婦なんだから、話してくれても……」

「だから、何もないって言ってんだろうが！」

強めの口調になった。

惨《みじ》めな姿を一番知られたくない相手にしつこく聞かれて苛立《いらだ》ちが止まらない。

何やってんだろうな、俺……。

「そっか」

八つ当たりされて気分が悪くなったはずの涼香は、何故《なぜ》か俺の方へ近づいてきた。

そして、俺を真正面から抱きしめる。

「ばーか。私が裕樹と何年一緒に過ごしてきたと思ってる。辛《つら》いことがあったなんて、顔を一目見ればわかるよ」

「だから、本当に何もないって……」

涼香は、これ以上何も俺に言わせまいとばかりに俺をきつく抱く。

そんな彼女の優しさが、痛いほど身に染《し》みて涙が出そうになる。

縋《すが》ってしまいたい気持ちと、縋ることへの悔しさ。二つの感情がせめぎあっていると、俺を抱きしめている涼香が申し訳なさそうに口を開いた。

「ごめんね。私さ、実は知ってるんだ」

「えっ？」

「さっきね、私にサッカー部の子から電話がきたんだよ。裕樹をちゃんと練習に来るように説得してくれって。でも、私に言うことじゃないから、ふざけんなって言った」

ああ、本当に糞《くそ》だ。

言いづらいからって、俺が仲良くしている幼馴染《おさななじみ》に代わりを頼むとかふざけるなよ……。

「でね。あ、ヤバい、裕樹に直接電話いくじゃんって。だから、こうして様子を見にきた」

涼香は優しい声音で俺の背中を擦りながら、話し続ける。

バレた？　いや、バレていた？

俺が怪我じゃなく、嫌がらせを受けたのが原因でサッカーをサボっていたのが。

さらに情けなさが込み上げ、不安が俺を支配していく。

「知ってたのか？」

「うん。ずっと前から知ってるよ。ごめんね。私が電話してきた奴に『ふざけんな』って言ったせいで、電話がきちゃったでしょ？　辛そうにしてるのは、足を引っかけた奴に電話で戻ってこいと言われたからだよね？」

「いいや、もっとふざけてた」

「えっと、どういうこと？」

「俺に謝ってきたのは、足を引っかけた奴ですらなかった」

「はあ……。ほんと、ごめん。私が握り潰しときゃ、裕樹に電話を掛けるなんて真似《まね》しなかっただろうしさ」

「い、いや。お前のせいじゃない。な、なあ。俺の今を知って、お前はどう思って……るんだよ。やっぱり、情けない奴って思ったか？」

声を震わせ、恐る恐る涼香に聞く。

嫌がらせを受けただけで挫けた俺は、幻滅されてないか気が気じゃない。

「情けなくない。裕樹は必死だった。悪いこともしてないのに、ただ単に気に食わないからって嫌がらせを受けたら……そりゃ、心も折れちゃうよ」

一番俺を応援してくれていた涼香。

その彼女が俺の情けなさを責めずに、優しく包み込んで受け止めてくれる。

「お前って本当に優しいよな」

「長年の幼馴染だもん。裕樹だって私に優しいじゃん。だから、私も優しいんだよ？」

ああ、そうか。こんな風に優しくしてくれるから、俺は……。

涼香と結婚できたんだ。

「なあ、ちょっと弱音吐かせてくれ……」

「うんうん。聞いてあげる」

俺は包み隠さず、今の気持ちをぶちまける。

そして、涼香は凄《すご》く真面目に俺の言うことを聞いてくれた。

♡♡♡

「どうすりゃいいと思う？」

涼香に今まで隠していたことを話した。

まあ、大体知られていたんだけどな。

宝くじを買った日。

まさか、堂々とチームメイトに転ばされたところまで見られていたとは驚いた。

いいや、今思うとそうでもないか。

俺がしんどいのを知っていたからこそ、あんなに励ましてくれたのだ……。

色々と知っていてくれたからだと考えれば、辻褄《つじつま》が合う。

「裕樹はサッカーのこと好き？」

「あんなに楽しかったのに、今は死ぬほどつまらないし嫌いだ」

今度の試合は、きっと勝ちたいがために誰もが真面目にプレイするだろう。

嫌がらせを受ける可能性はなく、プロを目指していた俺にとって、目立つ大きなチャンスになり得るかもしれない。

だけど、ボールを蹴りたい気持ちが微塵《みじん》も湧かない。

「部活辞めちゃえば？　気持ちはハッキリしてるんだし」

「このままじゃ……。今までがなかったことになる気がして……。ほら、小学校に入る前からずっと頑張ってきたのにさ。そう簡単に捨ててもいいのかなって」

「そうだね。私も裕樹だったら絶対にそう思う。スカウトに声を掛けられて、少しは期待されていて夢に届きそう。なら、簡単に捨てられないよね」

スカウトに声を掛けられた。プロになれる可能性だってある。

けれども、サッカー選手になるという夢に人生全てを賭ける覚悟はない。

だからこそ、しっかりと区切りをつけるつもりだった。

「高校最後の試合くらいさ、楽しくプレイしたかったよ……」

もう無理だ。

1年、2年、3年、という高校生活の中で、俺はそれなりに部活内で上手《うま》くやっていた。

そう思い込んでいたからこそ、あの仕打ちが背筋をぞっとさせる。

苦しめられている俺を見た涼香は、悪者顔で悪魔みたいなことを言う。

「じゃ、試合に出て、オウンゴール決めちゃえ！　裕樹を裏切ったんだし、こっちも裏切って、胸糞《むなくそ》悪《わる》い後味で皆を苦しめちゃおうよ」

「おまっ。さすがにそれはやり過ぎだろ……」

「わがままだなあ」

「いやいや、お前こそ悪逆非道すぎるだろ。別に嫌がらせを受けたからって、復讐《ふくしゅう》がしたいわけじゃないから」

「復讐はしない。じゃ、割り切れないのなら、気分を変えるために前に進まなくちゃね。裕樹は何かしたいことってある？」

話を明るい方向に持っていき、俺の気持ちを前向きな方へ。

涼香はどんどん話を膨らませてくれる。

「俺さ、今までサッカー以外で特にこれといって好きなことなかったし……。したいことは特にこれといってない。だから、何か早くしたいことを見つけなくちゃって」

「真面目だね。今、本当にしたいことをできてる人って、そんなにいないよ？」

涼香は楽しそうに笑う。

そ、そんなに笑うことか？

「何か夢があった方が……。ほら、せっかく自由に頑張れる環境があるのに、頑張らないのはもったいない気がして……」

「焦《あせ》っても夢なんてすぐに見つからないよ。裕樹の夢はビッグだもん。だから、見つかるまではのんびりいこ？」

「お金もあるし……」

少し前まで、将来は大学生になり、そのうち就職して給料を貰《もら》い生きていくと思っていた。

けれども、宝くじのおかげでそのルートを辿《たど》る必要は消えた。

俺は今、自分の将来がわからない。

サッカー選手の夢を諦めると決めたとき、なるべく偏差値の高い大学に進学し、お金を稼ぐという目標を設定した。

不満はないどころか、それなりにやりがいを感じていた。

なんとなく、それとなく、打ち立てた何不自由のない目標だったはずなのにな。

金銭で不自由がなくなったからか、最近はどうでもよく感じてしまう。

俺の手元には『何か』できそうなだけのお金がある。

今、俺がすべきことは受験勉強で正解なのだろうか？

最近はそんな風にしか思えない。

「じゃ、サッカーでもすれば？」

「そ、それはちょっと……」

「なら、ひとまずは大学だね。選択肢がたくさんある状況にしとけばいいじゃん。保留しとけば、何かしたいことが見つかるかもしれない。それに友達もたくさんできるはずだよ？」

「目標もなく大学に行っても……」

「裕樹は真面目だな〜。目標なんて後から幾らでも作れるんだよ？　ほら、今日はサービスしてあげるから、こっちおいで？」

おいでと言うも、涼香の方から俺を抱きしめてくれる。

胸元に顔をうずめられた。少し息苦しいのに、柔らかくて温かくて妙に落ち着く。

「大学に行くためには勉強が必須。部活なんてお遊びにかまけちゃだめだからね？」

無理に部活なんて行くな。

小学校に通う前から、俺に頑張れと笑ってくれている女の子は、サッカーなんて辞めちゃえと遠回しに言ってくれた。

涼香 Side

いつの間にか私の胸を枕にして寝ている裕樹を抱きしめながら、私は思いに耽《ふけ》る。

「ふふっ。真っすぐな男だよね」
真っすぐだ。本当に真っすぐで笑っちゃう。
今の時代、こんなにも不器用に物事を考えられる人がいるんだって。
でも、長所でもあると思う。
私はサッカーをしている裕樹を応援していたんじゃない。
裕樹がサッカーをしていたから、応援していた。
「ごめんね」
焦らせた。
サッカーは大丈夫なの？　と何度もしつこく聞いた。
私が応援しているから、裕樹はそれに応《こた》えようと無理して頑張ろうとした。
私の漫画家という夢を一番に応援してくれるのは裕樹。
正直なところ、まだまだ絵もお話の作り方も私は下手っぴ。
だけどまあ、裕樹は絶対に私を馬鹿にしない。
そのおかげで、私は頑張れる。
だから、何かしてあげたかったのに、逆に苦しめちゃったよ……。
「よだれ垂らされた……」

胸元で寝ている裕樹の口の端からよだれが溢《あふ》れ出る。

普段だったら、ちょっと怒っただろう。

けれども、今日はまるで違う。

「可愛《かわい》いなあ……」

だらしなくよだれを垂らすところが、どこか愛おしい。

裕樹の見方を変えたら、なんというか世界が変わった気がする。

「将来かあ……」

まだ18歳の私達はこれからどうなるか不安でしかない。

でもまあ、裕樹と一緒なら、これから何があっても乗り越えられるよね？

♡♡♡

あれ？　いつの間に寝たんだ？

「おはよ」

優しく微笑《ほほえ》んでくれた涼香の顔を見て、すべてを思い出す。

「ああ、悪い。寝ちまった」

「うんうん、そうだよ。いつの間にか私の胸を枕にして寝ちゃったんだもん。で、寝心地はどうだった？」

「最高でした。超柔らかくて良かったです……」

気恥ずかしさこそあれど、ここで誤魔化すのも違うと思った。

ゆえに、ハッキリと感想を述べてみたが、恥ずかしいなこれ……。

「これで、いまいちだとか言われたらぶん殴ってたところだったよ」

「本当にありがとな。色々とさ」

「どういたしまして。にしても、裕樹さ～、私の胸のこれをどうしてくれるの？」

べったりと俺のよだれで濡《ぬ》れている胸を見せつけられた。

むっとした顔の涼香は、どう責任取ってくれると言わんばかりだ。

「なんか、お詫《わ》びでも考えとく」

「え～、私は謝ってくれれば、それで良かったのに」

嘘《うそ》つけ。絶対に何かねだるつもりだったくせに。

ふと、窓の外が見える。もう真っ暗だ。

「悪いな。こんな時間まで付き合わせて」

「気にしないで。さてと、私はそろそろ帰るね」

まだ夜の7時くらいなのだが、それでも夜。

可愛いお嫁さんを一人で歩かせるのは論外だ。

「家まで送ってく」

「わお。今日は優しいじゃん」

「そりゃまあ、今日は色々として貰ったし。じゃあなって帰らせる方がおかしい」

「ふふっ。ありがと」

徒歩5分も離れていないが、涼香を家に送っていくことにした。

歩きだして少し経《た》つと、涼香がいきなり笑いはじめた。

「全然変わんないな～、私達」

「何が？」

「結婚したのに、今まで通り何食わぬ顔で普通に歩いちゃってるとこ。いや、今まで通りなのかよ！　って笑っちゃった」

「別にこんなもんだろ。てか、夫婦というか、恋人同士でも、一緒に歩いているときはこういう風じゃ……ないのか？」

「言われてみれば、夫婦でも恋人同士でも、今の私達みたく、他愛ない話をするだけかもね」

今まで通りの行動が、まるで恋人達や夫婦がするようなものと変わらないと気が付いた。

「つまり、一緒に歩く俺達は恋人達みたいなもんだな」

今の状況は、世間で言う好きな者同士が一緒に歩くのと変わらない。

なら、俺達もそうなのでは？　という暴論を繰り出した。

「えー、裕樹と歩いていてもドキドキしないのに？」

「むしろ、俺とお前の仲で、今も横を歩くだけでドキドキしてたらきもくないか？」

「うん。横を歩く裕樹が『今日も涼香と一緒に歩いてる。めっちゃドキドキだ』なんて思ってたらドン引きだね。いや、さすがに慣れろよ！　って」

「じゃあ、俺と涼香は、気が付かなかっただけで、互いに好き同士だから、こうして一緒に歩けるのかもな」

ちょっと気持ち悪いことを言ったなと後悔し始める。

だって、返答に困ったのか、涼香に静かになられたし。

「あー、今の言葉は忘れてくれ」

「ねえねえ、裕樹。私さ、あれかもしれない」

涼香に袖をくいっと引っ張られたので、俺は立ち止まる。

夜の静けさが漂う車通りのない道路のど真ん中で、涼香は照れた顔で俺に言う。

「気が付いてなかっただけで、裕樹のこと普通に好きだったのかも。よくよく思うとさ、好きじゃなかったら、今日みたいに慰めてあげないでしょ」

「……お、おう」

「互いに好きだから、こうして一緒に歩ける。そう言われたらさ、本当にそうなのかなって思えてきて、なんかドキドキしてきちゃった」

顔を逸《そ》らして恥ずかしそうにする涼香を見て、俺もどこかもどかしくなっていく。

ほ、本当に涼香の言う通りかもしれない気がしてきたな……。

「そ、そうと決まったわけじゃない。き、気のせいだろ」

「た、確かに。まだ昔から好きだったとは言い切れないかも」

好きだったというこの感情が思い込みだったとして、ダメなことなのだろうか？

否定する必要はきっとない。

涼香も俺と同じように気が付いたらしく、俺の目をちらちらと見てくる。

「いいや、そうだな。好きだったんだろうな。だから、俺達は一緒になった」

「えへへ……。照れるね」

こうして、俺と涼香は知ってしまった。

「簡単に結婚しちゃうとか、よくよく考えたらあり得ないでしょ？」

「かもな」

ずっと前から、互いに好き同士だったのかもしれないと。

きっとそうである。

相手のことを思いやれて、相手のことを励ましたくなるのは好きだから。

いや、そうじゃなくても、きっとそうであったと思っている方がお得だ。

♡♡♡

涼香を家に送った後、夕食を済ませ、受験生らしく勉強をしてお風呂《ふろ》に入った。

もう寝ようと思っていると、涼香から電話が掛かってきた。

「何かあったのか？」

『何かなきゃ電話しちゃダメなの？』

「寝る前に電話を掛けるとか、俺のこと好き過ぎだろ」

からかうつもりで言ったのだが、涼香はいつもみたいに『なわけないじゃん』と笑うのではなく、真面目な返答をされる。

『そうかもね。ううん、そうだよ？』

「お、おう」

『で、今大丈夫？　まだ勉強してた？』

「いいや、そろそろ寝ようってとこだ」

『ちょこっとだけ話さない？』

宝くじを一度涼香が自分の懐《ふところ》に入れてしまったがゆえに起きた不測の事態。

それをなかったことにすべく、結婚した俺達。

恋人らしく、いいや、夫婦として意味もなく語り合おう。

「少しだけな」

『帰り道でさ、両想いだったって知っちゃったけどさ、今、どんな気持ち？』

「俺さ、お前のこと異性としてはありだけど、今まではなんか負ける気がして、頑《かたく》なに好きな人としては見ようとしてこなかったんだよ。でもさ、好きな人として見ようって思い始めたら……さらにお前が魅力的に見えてきた」

『わかる！　幼馴染のこいつとはなあ……って感じで、私も眼中になかったね。でも、裕樹のこと、改めて昔から好きだったと思い始めたら……。あれ？　こいつかなり良くね？　って実感が凄いもん』

涼香がしてくれることに対しては、普通にありがたいとは思っていた。

しかし、ありがたいと感じるだけで終わっていた。

いつも涼香はそういう奴だったから、あたかも当然のように俺は受け止めていた。

けれども、実のところ涼香の励ましは俺への特別製だったのだろう。

涼香は俺に興味があって、心配してくれていて、俺のためを思って励ましてくれる。

当たり前のように見えていただけで、当たり前じゃない。

好きだから結婚できた。

これに気が付いたことで、見えていなかった部分がどんどん見えてくる。

「今日は本当に助かった」

『まあまあ、気にしないでよ』

「そうだ。今日のお礼は何がいいか教えてくれ」

自分で考えたが、思いつかなかったので聞いてしまった。

『腹筋触らせて！』

「なんで？」

『裕樹って細マッチョじゃん？　だから、しっかりと腹筋見てみたいな〜って』

「欲望に忠実だな」

『だって、夫相手に遠慮してもね……。あ、裕樹も私にしてみたいことがあったら、ちゃんと頼んでいいからね』

「そういうことなら些細《ささい》なお願いがある」

『なになに？』

「カフェでは向き合って座ってたけど、涼香と横に並んで座ってみたい」

『じゃ、今度は裕樹の横に座るね』

あれやこれやお互いが好きな相手にして貰いたいことを語る。

最初のうちは、些細なものだったが次第に内容はエスカレートしていった。

「がっつりと耳を舐《な》められてみたい」

あ、ヤバい。盛大に地雷を踏んでないか？　これ。

『ふ、ふーん』

「あ、えっとですね。ちょっと調子に乗りすぎただけで……」

きもいことを言った自覚がある俺。

前言撤回をしながら、あたふたと言い訳を続ける。

幼馴染としての涼香であれば、まず間違いなく『きもい』と言われるだけだった。

きっと、お嫁さんにジョブチェンジした涼香でも、さすがにきもいと罵られるはず。

『……してあげる。き、気が向いたらだけどね』

『裕樹が喜ぶなら、喜ばせてあげるのもいいかな～って』

「む、無理しなくてもいいんだぞ？」

結婚したばかり、夫婦としての距離感もまだわからない。無理して俺の気持ち悪い言動に優しくしてくれるのなら、それは違うだろとハッキリと伝えた。

『ううん。してあげられると思えたから言ったんだよ……』

電話越しでもわかる、しおらしい涼香。

それが俺の心を大きく揺れ動かす。

大笑いして俺をからかう涼香の顔を知っているからこそ、なおもどかしい。

時計を見ると随分と時間が経っているので、俺はおどおどと電話を終わらせにかかった。

「あ、明日も学校だ。そろそろ寝るぞ」

『ねえねえ、これから毎日、夫婦らしく電話してもいい？』

「も、もちろん」

何も考えずにＯＫを出す。

すると、涼香は楽し気にお休みの挨拶をしてくれる。

『お休みなさい。あ、そうだ。せっかくだし、明日は裕樹から私に電話してね！』

「え？」

お休みと言い返す前に、切れた電話。最後の最後で、やけにしおらしさを見せる涼香にドキリとした。

バキバキな画面のスマホを机に置き、部屋の明かりを消してベッドの上で目を閉じた。

「ちょろくね？　俺」

寝る前にお嫁さんとのちょっとした会話。

意味もなく好きな子と寝る前にお話しするのを夢見ていた。

相手が慣れ親しんだ涼香なのは想定外であったが……意外とイケる。

いいや、凄く楽しい。

あれやこれやですり減っていた精神がものすごく回復した気がした。

そして、次の日の夜。

約束通り、涼香に電話を掛けた。

『もしもし、あなたのお嫁さんの涼香ちゃんですよ！』

「お、おう。元気だな」

『さっきまで、夏休みの予定を皆と話していて、わくわくだからね』

『そういう裕樹だって、クラスでは夏休みどこ行くか友達と話していたくせに』

「そりゃまあ、ちょっとくらい息抜きしたっていいだろ」

『ま、私達って別に、受験に命かけています！　って進学校には通ってないもんね』

俺達の通う高校は受験を頑張る者もいれば、指定校推薦で楽に受験を終える者もいる。

さらには、専門学校に推薦入試で行く者も普通にいるし、数は少ないが就職組だっている。

『ちなみに、私達は夏休みに日帰り旅行に行こうってなった』

「どこに？」

『山梨にある絶叫系で有名な遊園地！』

「日帰りってことは夜行バスか……」

『正解！』

夜行バスに乗って現地へ向かい、向こうを遅い時間に出発するバスで帰る。

朝早くから夜までたっぷりと遊べるわけだ。

「いいなそれ」

『裕樹達はどうする予定なの？』

「あ〜、それが中々に決めかねててさ……」

遊びに行く回数が去年に比べ少ないからには、満足度は高いものにしたい。

うんと楽しめる場所をと考えていたら、中々に決まらなかった。

夏休みまで残すところわずか。このままじゃ、予定なんて立てられずに、結局うだうだと近場でボウリングしてカラオケに行っておしまい。

そんな悲しい未来になってしまいそうだ。

『予算は？』

「奮発して1万5千円くらい用意した」

『そんな気合を入れて、他の皆は大丈夫なの？』

「ああ。1、2回で使い切らないとなんだかんだで、ボウリング行こうぜ！　とか、カラオケ行かね？　で遊びそうだからな」

とはいうものの、俺と涼香は宝くじを当てたわけで……。

『私と裕樹はお金持ってるから関係ないよね。あ～、怖い怖い。たくさんお金持ってるからいっぱい遊んじゃいそうで』

「そうなんだよなあ……」

『まあ、周りは忙しくて遊んでくれなそうだけど』

「俺と違って、お前はたくさん友達がいるだろうが」

遊び相手がいないという涼香。クラスメイトはもちろんのこと、交友関係は広く部活での友達も多い。体育祭で応援団もやり、そこでも友達を作っている。

対する俺は部活動で仲の良い奴はおらず、クラスに何人か友達がいるくらいだ。ボッチではないが、限りなくボッチ寄りだ。

『たくさんの友達……。あ、そうだ。裕樹達ってどこに遊びに行くか決まってないんだよね？』

「だな」

『いっそのこと、私達のグループと一緒に遊園地に行くってのはどう？』

「あー」

普通に邪魔では？

せっかくなんだから、仲の良い友達同士で和気あいあいと過ごしたいんじゃ……。

『女だけでもいいけど、男がいればもっと楽しそうなのに～、って美樹《みき》がうるさいんだよね。あと、他の皆もなんだかんだで男の子とあんまり遊べずに高校生を終えるのはなんかな～って言ってたから大丈夫だと思う』

「遊ぶ男どもが、クラスメイトでもか？」

『そ、それは……そうかもだね』

男と遊びたいけど、遊ぶ男は選びたいのが普通。男も普通に女の子と遊びたいと言うが、よく知るクラスメイトの女子となれば、う～んと微妙な気分になってしまう。

「ま、悪くなさそうだし話をつけてくれ。こっちも俺から話しとく」

『おっけー。明日、話してみるね！』

高校生活もう終盤。仲の良い奴らとはきっと進学を機に疎遠となる。

だからこそ、夏休みに思い出が欲しいのだ。

少し感傷に浸っていると、涼香が少し笑っているかのような声音で言った。

『高校生最後の夏。ちゃんと思い出を作りたいよね』

「ああ、本当にな。てか、俺もそうだが、涼香もよくつるんでる子達と、進路違うんだっけ？」

『うん。っと、話が長くなっちゃった。そろそろ、寝よっか』

「だな」

『じゃ、お休みなさい。また、明日！』

「お休み」

会話を終えた俺はそのままスマホを机に置き、電気を消して眠りについた。

次の日。

俺と涼香はそれぞれの友達に、男女混合で絶叫マシンが有名な遊園地に行こうと提案した。

まあ、普通に断られた。

♡♡♡

提案が失敗に終わった日の放課後。

俺は職員室に向かい、サッカー部の顧問をしている先生に一枚の紙を渡した。

紙にはこう書かれている。『退部届』と。

もう一度グラウンドに立てるほど、俺は強くなかった。

嫌いになってしまったものを、嫌々続ける必要なんてない。

この夏はサッカーなんて忘れて、それ以外を気兼ねなく楽しもう。

『何があっても私は裕樹の味方だよ』

大切な人が背中を押してくれた。

そうして、俺が選んだのは『サッカー』を辞める選択だった。

「お疲れ様。これまで頑張ったね？　裕樹はえらい、えらい。そして、エロい！」

「おう。ありがと」

「ちょ、私の渾身《こんしん》のジョークをスルーしたな？」

「だって、面白くないし」

「あーあ。酷《ひど》い夫だよ」

職員室の前でわざわざ待っていた涼香が労《いたわ》ってくれる。

それでも気分は重苦しい。

何とも言えない気分で、家に帰るまでの道を歩いていると、さらに涼香が慰めてくれた。

「ほら、もう終わったんだからそんな暗い顔しないの」

可愛い顔。髪も艶《つや》やか。服のセンスも抜群。性格もご覧の通り、最高だ。

誰かに恋人だと紹介すれば、羨ましく思われそうな女の子に励まされた。

普通に元気が出たのだが、まだ暗い顔をしていたからなのか、涼香は俺の前に立つ。

「私が思うに、裕樹が元気になるには新しい環境が必要なわけですよ」

「ん？」

涼香はいきなり意味がわからないことを言い出した。

「結婚したんだし、やっぱり一緒に住もうよ！」

サッカーへの未練はまだある。

それを振り切るために、新しい生活を涼香は俺にくれるらしい。

「今さらだけどさ、涼香って、最高に優しくて可愛いお嫁さんだよな」

「ふっ、まあね？」

自慢げに胸を張る涼香を見て、俺は気持ちを入れ替える。

「よしっ、元気出た。てなわけで、本当に一緒に住む家を探してみるか？」

辛いことがあったけど、涼香となら何でも乗り越えられるに違いない。

第4話　そして、始まった同居生活

一緒に住もうという提案を冗談にせず、本当に俺達は一緒に住むための家を選んだ。
で、6LDK+Sという間取りで、広めの庭付き物件を購入するに至ったわけだ。
ちなみに、婚姻届を出した後、カフェで涼香《すずか》と色々話した家でもある。
広々としたリビングの天井にはプロペラ？　もあるし、お風呂《ふろ》にはテレビ。
壁際《かべぎわ》には、おしゃれで大きな本棚があり、漫画や小物が好きなだけ並べられる。
一緒に住もうと約束して、たった2週間後。結婚して、1ヶ月でこうなるとはな……。
まさか、家まで買って一つ屋根の下で暮らすとは予想外である。
さて、現状はというと荷解《にほど》きはまだまだ続いている状態。
涼香がエッチな下着を穿《は》き、俺がボクサーパンツを穿かされて1時間が経《た》つ。
手を動かしていた涼香はいきなり俺の方を見て、からかってくる。
「二人きりなのに襲わないの？」

「逆に聞くが、襲われたいのか?」

「だってさあ、ちらちら私の方を見てるじゃん」

「か、可愛《かわい》いし好きな人だし、見ちゃうのはしょうがないだろ」

「おっ。今日は素直だね」

「だって、ほら……。お前のこと、昔から好きだって気が付いたし。変に誤魔化してもな」

「ふ、ふーん。そうなんだ」

汗をかき白いTシャツが汗びっしょりで肌に張り付き、妙に色気のある涼香。

ドキッとしてしまうし、ちらりと横目で拝見したくもなる。

てか、俺のお嫁さんなんだし、別にガン見しても問題なくないか?

夫の特権を駆使すべく涼香のことをじっくりと見ると、俺の視線は涼香の穿いているハーフパンツのところで静止した。

もしや、あの下着を穿いたままで着替えてない?

あんなのを穿いたままで、何食わぬ顔で俺の横で作業をしていたのか?

そう考えれば考えるほど、妄想が止まらなくなる。

「あ、もしかして、まだ私があれ穿いてると思ってる?」

「い、いや……。そんなことない」

「確認しちゃう？」

ごくりと生唾を飲み込む。

手を出してもきっと怒られない。けど、幼馴染《おさななじみ》として接してきた思い出が邪魔をする。

小さい頃、普通にスカート捲《めく》りをしたが、今はそんな性欲を知らなかった無邪気な少年ではないわけで……。

「裕樹《ゆうき》ってヘタレ？」

「お前のパンツなんてこれからは見放題。またの機会にしとくさ」

「ぷっ。なにそれ」

笑われた。

うん、笑われたけど、俺だって知ってるんだぞ？

ちょっと涼香の方に置いてある物を取るべく、手を伸ばす。

するとまあ、自分に手を出されるかと思った涼香はびくんと体を跳ねさせる。

「誘ってくるくせして、俺が手を出そうとするとすぐにビビるんだもんなあ……」

「そ、そんなことないけど？」

嘘《うそ》言え。

中学1年生の頃、胸触りたければ触れば？　と涼香にからかわれた。
ちょっとムカついたので、俺は勢いに任せて触ったというか、揉《も》んでしまった。
触られる前は余裕綽々《よゆうしゃくしゃく》だったくせして、涼香は……予想に反して慌てた。
顔真っ赤で、汗ダラダラで、餌を求める鯉《こい》のように口をパクパクさせたのだ。
そのときの俺の気持ちわかるか？
あ、これ、ヤバくね？　長年に亘《わた》る幼馴染としての関係が終わったんじゃね？　だ。
ほんと、肝を冷やして顔面蒼白《そうはく》だったんだからな……。
二人して、1週間はぎこちない幼馴染をやっていたのを誰が忘れるもんか。
つまりだ。俺が手を出すとたぶん高確率で涼香はビビる。
目の前にいる可愛い子はそういう女の子なのだ。
「ふっ。ほら、さっさと片付け終わらせるぞ」
「ちょ、その余裕ぶった笑みは何なの？」
「いいや、何でもないぞ。というか、お腹空《なかす》いたからご飯にしないか？」
時刻は午後1時過ぎ。
この家に荷物が届いた午前11時からずっと作業しっぱなしだ。
休憩がてら、お昼にするにはちょうどいい。

二人でどこかお店に行くのも良かったが、涼香はナマケモノみたいに動こうとしない。

コンビニで何か買ってきて？　とお願いまでされてしまう。

疲れてるし、外は暑いしで、コンビニに行きたくないのは俺も同じ。

ゆえに、どっちが買い出しに行くかジャンケンをする。

「じゃんけん……。グー！」

「チョキ」

「やったね。私の勝ち。お弁当と飲み物とデザート。あと、おやつもよろしくね？」

「あいよ。んじゃ、行ってくる」

チョキを出した俺の負け。

そそくさと、スマホを持ちコンビニへ向かう。

「あちぃ……」

だらっと滝のように汗をかきながら、ジャンケンに負けたのを悔やむ。

歩いているだけで、息苦しいのだ。

そのとき、ポケットにあるべきものがないと気が付いてしまう。

そう、財布だ。

はあ……。このままじゃ、何も買えないんだよなあ……。

「ま、すぐに気が付いただけ、マシか」

歩き始めて50ｍくらい。

俺は我が家へと引き返すのであった。

♡♡♡

さて、家では涼香が一人でお留守番をしている。

俺がいないと、どんな行動を取るのだろうか気になった。

そ～っと、気が付かれないように、リビングと廊下を繋《つな》ぐドアを開けた。

「私って裕樹のこと、普通に好きだったんだろうね。えへへ……」

涼香はリビングの床でゴロゴロと転がりながら身悶《みもだ》えていた。

あー、……なんか聞いちゃいけない独り言を聞いた気がする。

よし、聞かなかったことにしよう。

わざとらしく、もう一度玄関ドアを大きく開け、帰ってきたことを知らせるか……。

が、しかし。

涼香の独り言は止《や》む気配がない。

「んふふ。でも、ヘタレなのがなあ……。可愛いけど、私は強引なのも好きなわけで
……」

涼香は立ち、ハーフパンツを引っ張り、穿いているパンツを確認した。

ちらっと見えたが、やっぱり俺が穿かせた透け透けなのを、穿いたままだったようだ。

「据え膳食わぬは男の恥って言葉を知らないのかな?」

俺がいないと思っている涼香の赤裸々な独り言を聞いていると、興奮して血の巡りがドクンドクンとどんどん速くなっていく。

そして、急に顔を動かした涼香と目が合った。

「……」

「……」

一瞬にしてシーンと静まり返った後、俺から先に口を開いた。

「あ〜、あれだ。悪いな」

「い、いつからそこにいたの？」

「据え膳食わぬは男の恥ってあたりだな」

「そ、そっか」

「お、俺は財布を取りに戻ってきただけだぞ？」

「う、うん。本当に据え膳あたりの独り言から、聞いてたんだよね？」

「まあな」

聞かなかったふりをしているのだが、涼香の目は全然俺のことを信用していない。

俺、隠し事や嘘が下手だからな……。

「裕樹のこと、普通に～あたりだな」

「正直に言うと？」

「がっつり聞かれてるじゃん！」

「わ、悪い」

「私がその……裕樹のこと、好きって言ってるのを聞いてたんだよね？」

「……はい」

涼香は小さく頷《うなず》く俺を見て、かあっと顔を真っ赤にした。

まだまだ、相手に好きと言い慣れていない俺達。

そりゃ、相手に聞かせるつもりのない純真な声を聞かれたら、くるものがある。

「わかった。この際だから言っとくね……」

「ん？」

「……き……よ」

小声過ぎてなんて言ったのか聞こえない。

「え？　なんて？」

涼香はプルプルと少し体を震わせながら、腕を下げ、やや体をくの字にして叫ぶ。

「裕樹のこと大好きだよ！！」

大胆な告白を受ける。

恥ずかしさをマシにするための思い切った行動だと思うが、ちょっと失敗なようだ。

涼香は口を閉じて、頬を膨らませ耐え忍ぶ。

心なしか、目がぐるぐる回っているようにも見える。

「お、俺のどこが好きなんだ？」

「い、今聞くの⁉」

「ちょっと気になったから。いや、悪い。話したくなかったら別にいいんだけど……」

頬をかきながら撤回する。

うん、今聞くことじゃない。ちょっと場の空気を変えようとしたのに、これは失敗だ。

けれどもまあ、今日の涼香は敢《あ》えてノーガード戦法。

全力で突っ走るようだ。

「理由は色々あるよ。小さい頃から一緒なのもそうだし、優しいところも好きだし……」

やたらと早口だが、嘘は言ってないのがよくわかる。

ただでさえ、だらしなかった俺の頬がどんどん緩んでしまう。

最後に、涼香は少し声を張り俺に告げた。

「宝くじの当選金を一人で受け取りに行っちゃったでしょ？　なのに、私のこと、嫌いにならないでいてくれたところが本当に嬉《うれ》しかった。そういう優しいところが一番大好き
……かな」

「お、おう」

「えっと……。以上です」

全部言い切った後、涼香は深々と深呼吸をして気を落ち着ける。

「俺のこと本当に好きなんだな……」

俺はだらしない口元を見せるのが嫌で手で隠す。

満更でもない俺を見て、どうやら一安心したらしく涼香は嬉しそうだ。

抑えきれない感情がとめどなく俺を襲う中、小さな声が聞こえてきた。

「ね、ねえ、裕樹。今、この家に私達以外いない……よね？」

「そうだけど……」

「ふ、夫婦がしちゃうようなことする？」

据え膳食わぬは男の恥と言われたし、ここで逃げるのは違う気がする。

思わず息を呑《の》む。俺のことを、ものすごく好いてくれる女の子に手が伸びていく。

でも、真面目な俺の性分が、ちょっと待てとタンマを掛ける。

恋人としての積み重ねを一切なしで、こういうことをしちゃうのは、勿体《もったい》なくね？

だけど涼香は、目を閉じて俺が迫ってくるのを待っているし……。

さあ、これからだというときであった。

ピンポーン！　とインターホンの音が部屋に鳴り響く。

驚きのあまり、俺は勢いよく涼香から離れた。

「だ、誰か来たみたいだな」

「み、見に行こっか」

「だな」

インターホンを鳴らされたので、一人で行けばいいのに、何故《なぜ》か二人で玄関へ。

訪ねてきたのは、涼香の母。ああ、そういや、手伝いにくるって言われてたっけ。

「あらあら、二人とも顔が赤いわよ?」

ニンマリとした顔で俺と涼香を見るおばさん。

俺達は恥ずかしさでロボットみたいにカチコチだが、何事もなかったように振舞う。

ここで、ぎこちないのを知らんぷりしてくれるのなら良かった。

「若いって、いいわね」

ま、そういう人じゃないのは知っている。

普通に、俺と涼香に追い打ちをかけてくるおばさんであったとさ。

涼香 Side

「は〜、もう。ヤダぁ……」

裕樹は再びお昼を買いに外へ。車で我が家にやって来たお母さんは、親切にも近くのホームセンターへ、ティッシュ、トイレットペーパーを買いに行ってくれた。

今度こそ、一人になったであろう私は荷解きの手を止めて少し休憩する。

もちろん、念には念を入れ、廊下に出て人がいないかの確認も怠らない。

「くぅ〜〜〜。恥ずかしかった！」

『私って裕樹のこと、普通に好きだったんだろうね。えへへ……』という、面と向かって言うのが恥ずかしいような独り言を聞かれた。

だ、だって、あれだもん。

裕樹を、お、夫として見始めたり、前から好きだったと思ってみたり、そんな風に意識を変えたら、超好きだったと気が付いちゃったんだし、しょうがないじゃん……。

この、裕樹を愛したい気持ちが結婚してから生まれたものなら、私はちょろすぎである。

私はそんなにちょろい女じゃないもん。たぶん……。

それにしても、あれだよ。

恥ずかしさを誤魔化すべく、大胆に告白したときの満更でもない裕樹が忘れられないね。

私の一方通行じゃないというのが、本当に高ぶる。

テンションが上がりまくって、裕樹を、夫婦がするようなことをする？　と誘うくらいには凄《すご》くズンと胸の奥に響いた。

ただまあ、裕樹をヘタレとからかったのに……。

「めっちゃビビっちゃった」

迫りくる裕樹にビビりまくった。

触れるのは私。触れられるのは裕樹。

小さい頃から、そんな構図で生きてきたからか、気が付けば私は耐性がない。

何にって？

ゆ、裕樹に触られることに対してだよ。

あははは……。まさか、ここまで酷《ひど》いものだとは思ってなかったけどね。

お母さんが訪ねてこなければ、近づいてくる裕樹を突き飛ばしてしまった可能性すらある。

裕樹としたい。

好きな相手とはっきり認識してからは、凄くしたい。

何をって？　そりゃもう、好きな人同士がするようなあれこれに決まってる。

私からべたべたするのに、裕樹は私にべたべたするのは禁止。

いや、酷すぎでしょ！　まるで、鬼嫁じゃん！
よし、こ、今度こそ裕樹の期待に応えられるように頑張らなくちゃね！
覚悟を胸に少し休憩した私は、再び荷解きをすべく手を動かし始めた。

第5話　夜空の下を二人で歩く

家の外は真っ暗。

手伝いに来てくれたおばさんも『また来るわね』と言い残し帰った。

さて、我が家に涼香《すずか》と俺の二人きり。

もともと実家暮らしで物は少なかったからか、なんとか荷解《にほど》きは終わった。

一部、家具と家電で届いてないものはあるけど。

「涼香。今日の夕飯はどうする？」

「あー、そうだったね。何食べよっか」

実家暮らしであれば、夕食など気にせずとも勝手に出てきた。

しかし、この家に優しい親はいない。

「近くのスーパーに買い出しにでも行くか？」

「うん。冷蔵庫も無事に届いて、しっかり冷えてきたもんね」

だるい体を起こし、二人して近くのスーパーへ出掛ける。

コンビニの方が近いが、色々と買うのならスーパー一択だ。

夏の暑苦しい夜。歩き始めると、すぐにじんわりと汗が滲《にじ》み出る。

まだ住み慣れていない街ということもあり、ついつい見知らぬ風景に目を奪われる。

いつの間にか、涼香と俺の距離は離れてしまう。

「ちょ、お嫁さんを暗がりの中、一人で歩かせようっての？　酷《ひど》い夫だね……」

「悪かったって。ちゃんとついて行くから拗《す》ねるなよ」

「ほほう、裕樹《ゆうき》が私について来てくれるってことは……」

涼香は軽やかに走って俺から逃げていく。

追いかけずに見ていると、遠くから不満そうに叫ばれた。

「追いかけてよ！」

「この年になって、鬼ごっこはちょっとな……」

「そう言われると、はしゃいで逃げた私が恥ずかしく思えてくるんだけど」

「実際、恥ずかしいことしてると思うぞ」

「ほんと酷い夫だね。ついて来てくれるって言ったのに」

「だからって、全力で逃げるか？」

「そうだけどさあ……」

文句を言いながら俺の横に戻ってきた涼香。

まだスーパーまでは遠いので、ちょっとした話題を振った。

「話は変わるが、引っ越しも終わった。明日からは気を引き締めて受験勉強だな」

この夏は大学受験に向けた大事な準備期間なはず。

ここ数日の俺達のサボり具合は半端《はんぱ》じゃない。とはいえ、引っ越しのメリットはでかい。

実家よりも、高校までの道のりが超短くなった。

通学時間が減ることにより、ここ数日費やした時間とは比べ物にならない時間を得る。

その遅れは、すぐに取り戻せてしまうであろう。

俺と涼香がサボらなければの話だがな。

「気を付けなくちゃだよね。ここで頑張らないと後が大変だもん」

「じゃ、明日は勉強頑張ろう。でもまあ、今日はゆっくりしような。もう、疲れた……」

歩幅を合わせ歩く涼香の手が真横にある。

なんとなく握ろうとした。

しかし、過去の思い出のせいで、妙にこそばゆくて成し遂げられない。

「子供の頃、俺がすぐにうろちょろするからって、おばさんにも俺の母さんにも、『あなた達は手を繋《つな》いでなさい！』って言われたっけ」

「そうそう。小さい頃の裕樹はすぐどこかに行っちゃうんだもん。それがどうしたの？」

「今はそんな風に手を繋ぐこともなくなったな。そして、いつの間にか、俺がうろちょろするんじゃなくて、お前の方が、迷子にはならないけど、うろちょろしまくってる」

「人は成長するからね」

俺はともかく、涼香のは成長と言えるのだろうか？

まあ、何でもいいか。

「というわけで、お前と俺はたぶん変わり続けるわけで……」

「前置きが長いよ。この恥ずかしがり屋め。ほら、裕樹は手を繋ぎたいんでしょ？」

全てはお見通しだったようだ。涼香につんつんと頰を突《つっ》かれる。

で、そのあと、これ見よがしに涼香は手を差し出してくれた。

「妙に恥ずかしいんだよなあ」

涼香の見方を幼馴染《おさななじみ》としてではなく、お嫁さんとして見るようになった。

幼馴染としてであったら、すんなり手を握れたはずだ。

現に、この前はすんなり握れた。

だけど、今は妙に恥ずかしくて涼香の手を握れない。

もしなかった。

「ほら、早く」

日和りながらも、俺は差し出された手を握る。

馬鹿みたいに笑いあって、ふざけあった涼香と、こんな風に手を握る日がくるとは思い
もしなかった。

涼香はぎゅっと俺の手が解けないように力を籠める。

手を繋ぎ、楽しい気分とドキドキでいっぱいなのだが、ちょっとばかし不満があった。

今日はいつにも増して外が暑い。

さらには、外に出てからずいぶん経《た》ち、汗もそれなりにかいている。

「べたべたしてるな」

「うん。べたべただね」

手汗のせいか、超べたついていた。

涼香はちょっと気持ち悪そうである。

そんな顔が愛おしく見えた俺は、より一層強く手を握る。

可愛《かわい》い子ほど虐《いじ》めたいというのは、まさしくこんな気持ちでやっていると思う。

「こんな手がお気に入りとは、中々に裕樹は変態だね。でもまあ、好きな人がどんな手で
も気にせず握ってくれるのは、なんか嬉《うれ》しいかも」

「ほほう、べたべたな手を握られて喜ぶお前もさては相当な変態だな？」

「あははは。変態な夫と変態な妻。相性最高だね。てわけで、あれ買わない？」

「あれって？」

「あれはあれ。そう、あれだよ。いざってときに使うあれだよ」

「あー、持ってる」

たぶん、涼香の言う『あれ』は夜のおともに必要不可欠な代物だ。

もしかしたらを想定して、コンビニで購入済みだ。

お昼を買いに行ったとき、念のために買っておいた。

「私とするのを期待して買っちゃった？」

「ま、大人として準備だけはちゃんとしておこうって思ってな」

「きもっ。なにその言い方、ちょっと背筋が震えたんだけど……」

「おい。その言いようはないだろ。てか、お前こそ恥ずかしそうに『あれ』って言ってるけど、修学旅行のときは正式名称で俺にハッキリと言ってきたし、友達に買えって勧められてたゴーヤのパッケージの変なのは結局買ったの？　って、からかってもきたよな？」

「だ、だって、なんか恥ずかしいんだもん。てか、持ってるって言ったのは、結局友達に買わされたあれ？　いや〜、さすがにそれはちょっと……」

途中から気まずさも薄れ、馬鹿にしあっているといつの間にかスーパーの店内。

ぐるりと一周し、色々とかごに入れた。

宝くじを当てて、金銭感覚が緩くなっているのかお菓子もたくさんだ。

レジに持っていき会計を済ませ、少しばかり重いレジ袋を手に歩き出す。

意味もなく、俺と涼香は笑っていた。

「裕樹とスーパーってなにこれ」

「なんか、おかしいよな」

後ろから自転車が走ってくる音。

咄嗟《とっさ》に俺は、涼香が着ている薄手のパーカーのフードを引っ張った。

「あうっ。いきなり、フード摑《つか》まないでよ！」

「いや、自転車が後ろから来てたし」

「でも、フードをいきなり摑むことはないじゃん。ＤＶだよ、ＤＶ！」

思いのほか苦しかったらしい。

ちょっと怒っている涼香のご機嫌を取るべく、レジ袋からチョコを取り出す。

「ほれ、これでも食べて機嫌を直せ」

「私のこと、舐《な》めてる？」

「物理的に舐めてやろうか？」

「きもっ……」

「悪い。今のは俺も気持ち悪かった。許してくれ」

「んふふ。ちょっときもいところも可愛いから許してあげる！　たぶん、私も裕樹が好き過ぎて気持ち悪いこと言っちゃいそうだし」

「じゃあ、俺もそのときは『きもっ』ってドン引きしてやろう」

「うわー、意地悪だね」

まだ家周辺の地理が頭に入ってないからか、途中迷子になりながらも、俺と涼香はマイホームへと帰るのであった。

家に着いたときには、チョコもアイスもどろどろに溶けていて、二人で苦笑いした。

第6話　新婚だし、一緒にお風呂《ふろ》入っても問題ないよね？

結局、夕食は作る気が起きずスーパーのお弁当を食べた。

荷解《にほど》きのせいで、もうくたくた。

俺と涼香《すずか》は体を癒《いや》すべく、さっさとお風呂に入り寝ようとする。

湯船にお湯を張り、もう入れる状態になったのだが、俺と涼香は争いを始めた。

「一番風呂は私のものだよ？」

「いいや、俺のものだ」

ピカピカで新品の浴槽の一番風呂。

互いに譲るまいと、いがみ合う。

俺と涼香はお風呂が大好きで1時間は余裕で入れる人間。

さらに、新居であるこの家のお風呂。なんと、テレビがついている。

バラエティー番組を見ながら、ゆったりと湯船に浸《つ》かれるのは最高に気分がいいはずだ。

譲れない戦いがここにはある。

新居で初めてのぶつかり合いは苛烈さを増していく。

「サッカー部関連で裕樹《ゆうき》のこと、色々と慰めてあげたでしょ？」

「おいおい、俺も宝くじでしくじったお前と結婚してあげただろ？」

ヒートアップする論争。手も出そうになる。

まあ、本気じゃなくて、じゃれ合っているだけであるが。

さてと、引っ越していきなり険悪になるのはあれなので譲るか。

「ったく。いいぞ、先に入って」

「裕樹こそ、遠慮しなくてもいいんだぞ？」

「いや、先に入りなよ」

「私が譲ってあげてるんだよ？」

言い争いはちょっとだけ続いた。

そして、結局俺が先にお風呂に入ることになった。

脱衣所で服を脱ぎ、お風呂場へ。

シャワーを使って体を流すのだが、もうこの時点で気持ちいい。

体を綺麗《きれい》にし終えると、早速湯船に入る。

そして、ずっと気になっていたテレビをつけた。

ああ、最高だ。

のんびりと湯船の中で足を伸ばし、体を癒しているときであった。

ガタガタと脱衣所のドアが音を立てる。

涼香め……。やっぱり一番風呂が惜しくて俺を邪魔しにきたな？

文句を言おうと、しっかり腰にタオルを巻いてから脱衣所への扉を開けると……。

「やっぱり、一番風呂は渡せないよ！　ほら、新婚だし、一緒にお風呂入っても問題ないよね？」

何故《なぜ》か中学生の頃のスクール水着を着ている涼香が現れた。

そして、軽くシャワーを浴びて体を綺麗にした後、湯船にダイブする。

「さいこ〜〜〜」

湯船から追い出された俺。

しょんぼりとした気持ちで、後でゆっくり入ろうと思い去ろうとしたら……。

「あれ？　入らないの？」

「いや、お前に取られたし」

「一緒に入ればいいじゃん。私はそのために水着を着てきたんだよ？」

広めのお風呂は二人で入れなくもない。

しかし、やや狭苦しくて体がぶつかりまくるのは目に見えている。

「夫婦なんだし遠慮は無用だぜ？」

格好つけて俺を湯船に誘う涼香。一応夫婦だし、何の問題もないか。

それに、やっぱり風呂を奪われるのが悔しい。

腰に巻き付けたタオルが取れないように気を付けながら、湯船に足を踏み入れる。

体をお湯に沈めれば沈めるほど、俺の体積分のお湯がどんどん流れ出た。

「狭いね」

「だな」

体と体が触れ合う。柔らかくて、もちもちしてる涼香の肌が気持ちいい。

気が付けば、自然と体中の血の巡りが速くなっていた。

「恥ずかしいけど、なんか幸せかも。好きな人と、狭いお風呂でしっぽりと過ごすこの時間って特別なんだろうな～って。よっこいしょっと」

涼香は湯船で体を動かし、俺の体にもたれ掛かってきた。

「重い」

「えへへ。ごめんね」

謝るくせして、俺にもたれ掛かるのを止《や》めない涼香。

ちょっと生意気なのがムカついたので、涼香の体に悪戯《いたずら》しようとするも……。

途中で俺の手は止まる。

「私の体触ろうとしたけど、遠慮しちゃったでしょ？」

「いや、まあな。なんか恥ずかしくなってさ……」

「ま、私的には超助かるね。私さ、裕樹のこと触るのは好きだけど、裕樹が私を触ってくるのはちょっとまだ慣れないもん」

「自分勝手な奴《やつ》め」

「でも、触らせてあげないわけじゃないよ？　ほら、触りたいのなら、裕樹の名らしく、勇気を出しな？」

「くっ……」

ダジャレで煽《あお》られてもなお、恥ずかしさが勝ち涼香の柔肌を触れない。

とまあ、涼香とふざけあっていると、気が付けば興奮は落ち着いていった。

涼香相手じゃなかったら、こうはいかないだろう。

中学生の頃に着ていたスクール水着は物凄《ものすご》くぴっちりしており、凄《すご》くエロい。

そんな彼女とエッチなことなんてしなくとも幸せな時間。

二人でテレビを見ながら、体を触れ合わせながら、俺と涼香は他愛ない話を楽しむ。

「ちょっと聞きたいんだけどさ……」

涼香はもじもじと何かを聞きたそうにしているが、中々聞いてこない。

ゆっくり待っていると、恐る恐る告げられた。

「裕樹からしてみれば、お前のやらかしは知らん！　宝くじの金を寄こせ！　で何の問題もなかったのに、なんで私に優しくしてくれるの？」

「また、それか。そもそも、お前が宝くじを一緒に買おうだなんて誘ってくれなきゃ、俺はお金なんて貰《もら》えなかった。だというのに、お前の失敗を責め立てて、一人だけがっぽり得しようだなんて虫が良すぎるだろうがって何度言わせる」

「ほんと、真面目で……優しいよね。そういうとこ」

「これまた前もお前に言った気がするけどさ……」

「な、なに？」

「宝くじのお金でお前と揉《も》めて、仲悪くなるのが嫌だったんだよ」

周りの大人から言われた。当選金をどうしていくかハッキリとさせていく過程の中で、俺と涼香は絶対に揉めてしまうだろうと。

お金のあれこれがいい意味で曖昧になれる夫婦を勧められたのは、これが理由である。

新しい関係を受け入れるのを決めたのは、涼香と仲の良い関係を続けたかったからだ。

幼馴染《おさななじみ》と夫婦。天と地ほど似ても似つかないけどさ。

最近になって確信した。仲の良い関係を続けたかった奥底にあったものの正体について。

「俺も……。ずっと前からお前が好きだったんだと思う」

「つまり、裕樹は私が好きだから離れたくなかったと」

「……たぶんな。気が付いてなかっただけで、お前のことが相当好きだったのかもしれない。最近はそんな気がしてならないんだよ」

宝くじが当たらなければ、俺は涼香への恋心に気が付けなかっただろう。

大学に入り疎遠になり始めた頃に、涼香が俺以外の男と親し気にする姿を見て、初めて思い知らされたに違いない。『ああ、俺、涼香のこと好きだったのか』と。

「ちなみにどういうところが好きなの？　具体的なエピソードをおひとつ」

「そうだな。やっぱり、遊んでくれるところだ。中学校に入ってもさ、お前って、男女なんて関係ねえ！　裕樹と私は仲良しなんだぜ？　と言わんばかりに、周りの目を気にせず俺に近づいてきたところとか、かなり嬉《うれ》しかった」

「え？　うざいから私に近寄ってくるなって言ってたのに？　ツンデレじゃん」

「そうだよ。悪いか？」

「悪くないね。で、それで？」

「これで終わりだぞ？」

「え～、もうちょっと何か話してよ」

「そう言われてもなあ……。ああ、最近改めてお前の魅力を再確認したところ思い出した」

「なになに？」

「なるべく明るく振舞ってくれるところだ」

「ああ、そこね」

「宝くじでやらかしたとき、お前凄く苦しかっただろ。てか、今も結構苦しいだろ。俺に迷惑を掛けちゃったんじゃないかって、まだ気にしてるし」

「あはは……」

「なのにさ、心配かけまいと、悪いのは自分だ、だから、泣くな！　って感じで明るく元気に振舞う。そういう、お前の強がりなところ本当にいいと思う」

「私は最強だからね！」

　大きな胸を張り、威張る涼香。

　辛《つら》い思いを押し込み過ぎて、苦しくなり過ぎないか心配だ。

「弱いところ見せても大丈夫だからな……」

ちょっと恥ずかしいが、俺は言葉を付け足した。

「俺もたくさん弱い所を見せたんだし」

そう、もう見せまくった。だからこそ、今がある。

弱さを受け止めて貰ったのなら、こっちだってしっかりと受け止めたい。

「ありがと。でも、大丈夫！」

幾ら威勢が良くてもやっぱり心配。

辛い思いを抑えつけ、発散できずに抱えきれなくなってしまわないかが。

「本当に何かあったら言えよ？」

「私の夫は心配性だね。耐えきれなくなったら頼るから安心しときたまえ」

明るく振舞い周りを不安にさせないようにと笑う涼香。

だけどまあ、やっぱり限界が近かったらしい。

「うっぐ。ひっぐ。あははは、なんで泣いてるんだろ……」

嗚咽《おえつ》を抑えて泣き出した涼香。

そんな彼女の体に柄でもなく手を回す。

俺がして貰って嬉しかったからこそ、俺も涼香を痛いくらいに抱きしめる。

下心なんて微塵《みじん》もない。いや、ちょっとはある。

「そりゃ、色々あったからだろ。急に宝くじ当てて、急に結婚して、今はいきなり同居。誰だって意味わからなくて泣きたくもなる」

俺は涼香が泣き止むまで寄り添ってあげた。

涼香は俺に優しくしてくれる。俺も夫らしく、涼香に優しくする。

俺はこの関係を手放す気はない。

涼香が大好きだ。こうして、一緒になったのも愛があるからだ。

楽しいことはもちろん、辛いことも、悲しいことも、一緒に乗り越えていければなと思う。

などと考えていたら、泣き止んだ涼香はしんみりした雰囲気をぶち壊しやがった。

「なんで私、中学生のときのスクール水着で、裕樹と一緒にお風呂なんて入ってるの？」

うん、それは俺も思う。

第7話　新婚らしさと私達らしさ

お風呂《ふろ》から上がり、俺と涼香《すずか》は寝室へ。

まだベッドが置かれているだけの殺風景な部屋。

これから少しずつ変わっていくのが楽しみの一つでもある。

「おっきいね！」

さっきの弱々しさはなりを潜め、どこかへ行ってしまったようだ。

涼香はダブルサイズのベッドのど真ん中にごろんと寝転んだ。

「一人で占領するな。二人で寝るベッドなんだぞ？」

「しょうがないなあ。はい」

ベッドのど真ん中に寝転んでいた涼香はちょっと動いた。

で、ちょっとだけしか空いていないスペースをポンポンと手で叩《たた》いた。

空けたんだから座れば？　的な顔で生意気。

せっかくなので、涼香が空けてくれた狭いスペースに無理矢理、収まる。

「よいしょっと」

「近いって」

「お前があんまり空けてくれないからだ」

「はいはい」

今度はちゃんとベッドの半分を俺に明け渡してくれた。

なんとか落ち着ける場所を勝ち取った俺はベッドの上でスマホを弄《いじ》る。

動画配信サイトで面白そうな映画を見つけ再生ボタンを押す。

横には程よい距離を保っている涼香。

迷惑だろうと音を出すのは止《や》め、イヤホンを耳に装着しようとする。

「私も見たいからスピーカーでいいよ。てか、ちょい待ち」

涼香はベッドから降り、どこからかタブレットPCを持ってきた。

背面にリンゴの描れている有名なやつだ。

「いつの間にタブレットなんて買ったんだよ」

「昨日！　専用のペンを使うと、お絵かき用の液タブ代わりにもできるんだって。だから、買っちゃった」

「散財してるな」

「で、これはお絵かき以外にもちゃんと使えるから、これで映画見よ？」

涼香が買ったタブレットPCで、ベッドの上で二人寝転びながら映画を見る。

映画が始まって、数十分が経《た》った頃。

「せっかくだし、手を握ろっと」

「なんでだよ」

「仲の良さを感じたいから？」

OKを出す間もなく、涼香が触れてきた。

ギュッと握られた手と手。

ほんのりと温かくて、少し窮屈に締め付けられる感覚が落ち着く。

外を歩いているときと違って、べたついてないのも高評価だ。

少し前まで幼馴染《おさななじみ》として接してきたからこそ、いつもと違ったコミュニケーションは気持ちを高揚させ、胸を高鳴らせる。

映画を見終われば、いい時間。

俺と涼香は、一つのベッドで一晩を過ごすことになるだろう。

映画の盛り上がりが大きくなる傍《かたわ》ら、涼香へのドキドキも膨らんでいく。

それはどうやら、涼香も一緒のようだった。
緊張のあまり、もじもじと体を動かし落ち着きがない。
俺の手を握っている手も、じんわりと湿っぽくなってきた。
そして、瞬《またた》く間に映画が終わった。
ラストシーンの内容が全然頭に入ってこなかったんだが？
映画の音も消え、静まり返った寝室。
涼香が俺の方をちらちらと見ながら、とんでもないことを言う。
「え、エッチなことする？　あ、あれもあるんでしょ？」
超可愛《かわい》いお嫁さん。緊張からか落ち着きはなく、ほんのり頬も赤い。
お風呂で改めて涼香のスタイルの良さを知った。
全体的に華奢《きゃしゃ》なのに、出ている所は出ていて凄《すご》く男心をくすぐる。
体の魅力もさることながら、内面である性格も最高だ。
涼香の素晴らしさを最近はずっと再認識しっぱなしである。
「したくないと言えば、嘘《うそ》になるな」
ありのままを口にした。
涼香はそうだよねという顔で、服を脱ごうとするのだが、すぐに手を止める。

「やっぱり恥ずかしいね。あと、ちょっと怖いや」

「怖い？」

「うん。少し前まではただの幼馴染だったからね。恋人ですらなかった。だから、いきなりでビビっちゃってる」

恋人らしい経験はゼロ。

なのに、夫婦らしいことをする。

それは、階段を何段もすっ飛ばすようなものだ。

確かに魅力的なお嫁さんを思うままにしたい。

でも、段を踏み外して、仮に転んでしまったらどうなる？

怪我《けが》をする。

一歩、一歩、確実に踏んで歩けば、不安はない。

ああ、そういうことか。

涼香に手を出すのが恥ずかしくて、しどろもどろになる理由がわかった気がする。

「そっか……。過程って大事なんだな」

確かに俺達は仲が良い。

それだからこそ、夫婦らしくできると勝手に錯覚していた。

人によるだろうが、実際はそうじゃなかったんだ。

結果が生まれる前には、絶対に過程がある。

結果は大事だと言われるが、過程もそれと同じく大事にされているものだ。

「どういうこと？」

「確かに今の俺達は結婚した結果はあるけど、それまでの出来事は何もない」

「なんか怖いのって……」

どうして俺に触れられるのが怖いか、涼香も理解する。

わざわざ話す必要もないが、やっぱり大事なことは口にすべきだ。

「少し前は恋人ですらないし、好きだとも自覚していなかった。そりゃ、触れるのは怖くて当たり前だし、触るのも怖いに決まってる」

「でも、私達は夫婦なんだし……」

「なあ、夫婦という概念に囚《とら》われないようにしないか？　確かに、もう結婚してるけどさ、俺達らしさをしっかりと見つけて行こう。そっちの方が、きっと楽しいと俺は思う」

ちょっと格好つけた。

気取ったのを少し後悔していたのだが、涼香はやっぱり最高のお嫁さんだった。

「うん、私達らしさをちゃんと見つけて行こっか！」

「となれば、話は早い。デートして、帰り際《ぎわ》にキスしてさ、そのままお別れして、次会うまでのもどかしさを経験したいなってのは今もそうか？」

中学3年生の頃。涼香が俺に教えてくれたのを今でも覚えている。

過程は大事に、ゆっくりと愛を育んで幸せになりたい。

テストの結果を争ったときに、俺が勝利し、報酬というか涼香への罰ゲームとして『理想の恋』について『もう勘弁してよ』と言わせるくらいに事細かく語らせたのだ。

現状は涼香の理想とは大きくかけ離れている。

人生は1度きり。そして、俺と涼香ができる恋は『1回』だけだ。

2回目の恋があるってことは、俺と涼香の決別を意味するし、そんなのは知らん。

「大事にゆっくりと愛を育みたいって気持ちは今も同じかな」

「じゃ、大事にしよう。涼香に手を出すのは、まずは恋人らしいことをしてからに決めた」

ヘタレではない。これは逃げではない。

一線を越える前に、恋人らしいことを経験した方が……。

凄《すさ》まじく興奮するに決まっているし、絶対に気持ちいいのは間違いない。

俺はもう、涼香以外の女の子を知ることはできないんだ。

純情を大事にして何が悪い。

「怖いまま触られるよりも、触られたいって思いながらの方が絶対にいいよね。うんうん。私も大賛成だよ」

「なんか、あれだ。変態っぽいな」

「こんな風に一つ屋根の下にいるのに、エッチなことはなし。もうちょっと色々してからとか、超変態でしょ」

悶々《もんもん》とした気持ちは和らぐ。

涼香に触りたいけど、まだ触らない。

触るとしても、いやらしい気持ちで触れて、涼香を怖がらせるようなことはなしだ。

それを決めただけで、なんというか気が楽になった。

「なあ、やっぱり今日のお前って張り切ってたのか？」

思い当たる節はたくさんある。

やたらと俺に近づいて来て、やたらと俺を誘うようなことをしてきた。

まるで、俺を満足させてくれるためにという感じで。

「だって、色々としてあげた方がいいかな〜って」

「それ、なしな。自然とお前ができるようになってから、思う存分やってくれ」

「できるよ？」

「いやいや、無理するなって」

「それがまあ、私は都合がいい子でさ。自分からする分には割と平気っぽいんだよね」

「でも、俺からされるのはNGと」

とんでもない悪女である。

俺のお嫁さんは天使かと思ったら、どうやら悪魔であるらしい。

いや、天使なのは変わらないから、堕天使？　とでもいうべきか？

「だから、えいっ！」

涼香は体を動かし、俺の方へ近づいてきた。

「えへへ。裕樹《ゆうき》がエッチに触ってこないと思ったら、安心して近くに行きたくなっちゃった」

「……」

「黙ってどうしたの？」

「いや、うん。悪い。俺、我慢できなくなったら本当にごめんな」

「え～、さっきは触らないって言ったくせに。でも、いいよ。ちょっと怖いだけで、裕樹のことはちゃんと好きだもん」

「あいよ。さてと、そろそろ寝るか」

部屋の明かりを豆電球だけにする。

焦《あせ》らずにゆっくりと歩もうと決めたからか、涼香はこれまですっ飛ばした過程を俺に求めてきた。

「ねえねえ、良い雰囲気なとき、好きな男の子から付き合ってくださいって言われたいなー」

遠慮のない幼馴染にどこか安心感を覚えながら俺は言ってやった。

「期待して待ってろ。俺とお前の恋は1度だけ。お前の望みを全部叶《かな》えてやっから」

「わーい。ありがと」

俺と涼香はゆっくりと進むことにした。

何もかも、結婚してるからという理由だけで、ハイスピードで経験する必要はない。

俺はゆっくりと目を閉じて眠ろうとする。

だけど、涼香は違う。

「うへへ。良い体してるね……」

俺の体をめちゃくちゃくちゃ堪能《たんのう》し始めた。

ほんと、ふざけたお嫁さんである。

俺が我慢できなくなって、手を出されても文句を言うなよ？

第8話　二人で朝まで……

「起きてる？」

「もう寝た」

「起きてるじゃん」

豆電球だけの薄暗い部屋。

俺と涼香《すずか》はダブルサイズのベッドで寝ている。

二人して眠る初めての夜。

やはり、中々眠れないのか、さっきからずっと涼香は俺に話しかけてくる。

「裕樹《ゆうき》と一緒のベッドで寝るのは不思議な気分だよ……。違和感が凄《すご》いや」

「違和感が凄いなら、やっぱり別々で寝るか？」

「ううん。こっちがいい。だって、裕樹の体があると安心感が凄いし。引っ越してきたばかりの家って、ちょっと怖い……」

甘えてくるようなことを言った後、俺の腕を抱き枕にする涼香。

腕に当たる胸の感触。

こいつ、俺がエッチなことをしないと知ったら、好き勝手やりやがって……。

「あ、裕樹って寝相ってまだ悪いの？」

「寝相？」

「小さい頃、私と裕樹でお昼寝してたとき、私の鼻の中に指を突っ込んできたり、頬を叩《たた》いたりしてきたじゃん」

つい吹き出しそうになるが堪《こら》える。

涼香と一緒にお昼寝したら、先に目覚めるのはいつも俺。

鼻の中に指を突っ込んだり、頬を引っ張ったり、叩いたり、悪戯《いたずら》していた。

当然、パチリと涼香の目が開くわけで……。

悪事がバレないよう、寝たふりで誤魔化していた。

今の今まで気が付かれていないとはびっくりだ。

「どうかした？」

「い、いや、な、なんでもないぞ？」

「怪しいんだけど。まあ、いっか」

「……」

再び訪れた静寂。ああ、このままぐっすりと夢の世界へ誘われて……。

「すんすん」

鼻を鳴らす涼香は、俺の匂いをお嗅ぎのご様子。

ちょっと、鼻を鳴らした後に、唸《うな》り声をあげて文句を垂れやがった。

「ん～～～、臭いような臭くないような……。これが男子臭？ ってやつ？ いや、ただ単にこれは裕樹の体臭が臭いだけで……」

「おい、変態。わざと俺に聞こえるように言って楽しいか？」

「たのしい！」

ハイテンションな涼香のせいで、部屋が明るくなった気がする。

とはいえ、さっきから煩《うるさ》いけど、涼香は本当に眠る気があるのだろうか？

「いい加減寝るぞ？」

「うん……。おやすみ」

1分後。

「ねえねえ、起きてる？」

「またか」

「だって、すっごく緊張して寝れないんだもん」

「はあ……。ほら、眠気に負けるまで付き合うから、なんでも話せ」

ちょっとくらい夜更《よふ》かしに付き合っても問題ない。

俺は涼香のために話に付き合う。

いいや、違うな。実は俺もさっきから緊張して眠れないんだよ。

下手に寝ようう寝ようって強く念じてるよりか、話して楽しく過ごした方がマシだ。

「太っ腹だね。んじゃんじゃ、最初は……この同居生活をどう思ってるのか、教えて?」

顔を俺の方に向けて、まじまじと見つめながら聞かれる。

話す気満々、もう寝るなんてそっちのけだ。

「いきなり二人で生活するとか、少しきつさは感じるな。あ、嫌ってわけじゃなくて、気持ちが追い付かないって感じだ」

「あ~、私も。なんと言うか、嫌じゃないけど、ちょっと息苦しいよね……。今も、寝る時間だってのに、息苦しくてこういう風に話しちゃってるし」

「ま、そのうち慣れるだろ。んじゃ、お前だけに質問させるのは、なんかずるい気がするから、俺からも聞いていいか?」

「私のスリーサイズでも聞きたいの？　お風呂《ふろ》で超見てたし、気になってるでしょ？」

細身の涼香。華奢《きゃしゃ》だけど、普通にでかいのは本当に反則だ。

学校で1番とまではいかないが、普通にスタイル抜群。

どのくらい凄いのか気になるし、野郎どもで馬鹿真面目に予想してみたことだってある。

「……。教えてくれるなら教えて欲しい」

「そう言われると教えたくないね。はい、裕樹のターンはおしまい。私の番だね」

「おい、さらっと終わらせんな。はあ……。で、次は何が聞きたいんだ？」

「裕樹ってさ、夫婦になってどんな気持ち？」

「……難しいな」

夫婦生活を始めてみたものの、受験のせいで、一緒にいる時間はまともに取れてない。

これからが本番だろう。とはいえ、ある程度経《た》った。

けれどもまあ、どんな気持ちかと聞かれれば答えようがなかった。うん、全然わからない。

答えを出せずに唸っていると、涼香が気を利《き》かせて質問を変更してくれた。

「答えにくそうだから質問変更しよっか。私との将来って想像できる？」

「まだまだどうなっていくのか、具体的な未来は想像できないな。いや、楽しそうってののはなんとなく思い描けるんだけどさ」

「それ、よくわかる」

「結婚できる年齢とはいえ18歳だもんなあ……」

今年の4月に誕生日を迎え、俺と涼香は18歳になったばかりである。

「将来なんて全然見えてこないのも普通なんだろうね」

「でもまあ、あれだ。涼香のこと、幸せにしたいって思ってるからな」

決め台詞《ぜりふ》っぽくなってしまった。

これはからかわれる。隙を見せてしまって後悔していると……。

「ずるい、ずるい、ずるい！　なんで、そんなこと普通に言っちゃうのかなあ……」

いきなり枕に顔を押し当て叫んだ涼香。

で、顔をあげて細目で睨《にら》まれる。

「だ、大丈夫か？」

「この雰囲気でさ、今みたいに、格好良いことを言うとか卑怯《ひきょう》だよ！　もう、ほんと卑怯者だよ！　そんな優しくされたら、夫婦生活に裕樹はまだ乗り気じゃないかもしれないのに、私だけドンドン乗り気になっちゃうじゃん！」

「お、おう。でも、夫婦生活に乗り気になるっていいことじゃ……」

「私だけもっと乗り気になって、たくさん要求しちゃうの恥ずかしいでしょ……」

「わかる。テンションの差があるときついもんなあ色々と」

「実は……。今も、色々と甘えたくて凄いうずうずしてるんだよね」

「甘えてみたいか。その気持ちは俺もよくわかるし、遠慮は無用だぞ」

「うん、これからはたくさん甘えちゃおっかな。お礼と言ってはなんだけど、裕樹が良ければさ……、え、エッチな感じも程々なら、裕樹も私に遠慮なく甘えていいからね？」

「じゃあ、明日は優しくおはようって起こして欲しい」

「わかった。私に任せて！」

同じベッドで寝ているくせに、ある程度距離を保つヘタレな男と繊細な女は、夜が更けるまで語り続けるのであった。

第9話　幸せな朝

日差しは強く、外に出ればすぐに汗をかく季節。

「むにゃむにゃ。もう食べられないって……」

横で可愛《かわい》らしい寝言を漏らしながら寝ている涼香《すずか》。

どうやら、涼香に優しく起こして貰《もら》う約束をしたのに、俺の方が先に起きたらしい。

スマホで時間を確認すると、夜更《よふ》かしの影響がもろに出ていた。

もう午前10時過ぎだ。

そして、母さんから心配のメッセージと、もう一つ別の用件でメッセージが届いていた。

『これ、模試の結果よ』

前に受けた大学受験の模試の結果が実家の方に郵送されてきたらしい。

母さんは写真を撮り、内容が見られるようにと送ってくれたようだ。

合格率　30％

「お、おぉ……ひでえなこれ」

笑えない。本当に笑えない。

涼香が、サッカー以外の夢を見つけるのなら大学へちゃんと行こうと背中を押してくれているのに、なんという体たらくだ。

試しに志望校のレベルを涼香の学力に合わせてみたが、やはり俺と涼香ではかなりの差がありそうだ。

「んっ。おはよお。朝から、苦い顔してるけど、何かあった？」

「この前の模試がな……。合格率30％だった」

「あー、大変だね。志望校のレベル下げたら？」

「いいや、下げない。だって、俺、お前と同じ大学に行きたいし」

「朝から嬉《うれ》しいこと言ってくれるね」

「てか、お前の方はどうなんだよ」

涼香の模試の結果もおそらく実家に届いたであろう。

おばさんに電話を掛けて涼香は結果を聞く。

「第一志望校の合格率が80％。もうワンランク上の大学の合格率も60％。あと、お母さん、今日も様子を見に来るってさ」

「めちゃくちゃ順調だな。さては、不正しただろ」

「してないよ」

「だって、宝くじが当たったんだぞ？　お金持ちになったんだぞ？　受験失敗しようがもう生きてけるのに……」

気の緩みが生まれないわけがない。

となれば、涼香はやっぱりカンニングを……。

「失礼な顔してるね」

「じゃあ、どうして成績が良くなったか教えてくれ」

「そ、それは、うん。あははは……」

涼香は笑って誤魔化す。

煽《あお》っているのか？　と思った俺は涼香にデコピンする。

「いたた……。暴力反対！」

「俺とお前の仲だろうが。これはコミュニケーションだ。成績が上がったわけを教えてくれよ。参考にするから」

「ほ、ほら、なんというかポカしたじゃん？」

「なにを」

「宝くじのお金を一人で受け取りに行っちゃったこと！」

「あー、そういうことか」

言い淀《よど》んで学力が向上した理由を教えてくれなかった理由が、なんとなくわかった。

純粋でまっすぐな性格をしている涼香だしな。そりゃ、失敗したら反省もするか……。

「お馬鹿なことして、誰かに迷惑かけたくないからね。今はもう、私の迷惑は裕樹《ゆうき》にも影響を与えちゃうかもしれないんだしさ」

「じゃあ、これからも勉強を頑張れ」

下手に慰めるよか、多少は責めてやった方が気が楽なときもある。

適当にエールを送ると、今度は涼香が俺を応援してくれた。

「裕樹もだよ。成績、微妙なんでしょ？」

「……まあな」

「落ち込まないの！　ほら、今回はたまたま運が悪かっただけ。裕樹だって、サッカー辞めて勉強時間が増えるんだし、余裕で成績上がるに決まってるよ」

バシバシと俺の背中を叩《たた》きながら慰めてくれる涼香。

さっきはデコピンしただけで、暴力反対！　って言ったくせに、随分と俺の背中を強く叩くなこいつ。

「強く叩き過ぎだ。暴力反対」

「これは喝を入れてるだけ。暴力じゃないよ？」

「ったく。そこはもっと優しく慰めて欲しいのに……」

「しょうがないなあ。あ、そうだ」

涼香からスマホに、とあるメッセージと写真が届いた。

『私の体見て元気出しなよ？　エロエロだぜ？』

メッセージに添えられていた写真を見て、ふふっと鼻で笑ってしまった。

「おちょくりやがって……」

色気のない格好の自撮り写真が数枚。

おそらく、漫画に出てくる人物のポーズをしっかり描くために撮った資料だろう。

「元気出た？」

「もっと、エロいの出せ。引ん剝《む》くぞ？」

「きゃ〜、変態夫に襲われる〜〜」

ベッドから飛び降り、逃げていく涼香。

朝から幸せな時間を過ごした俺は今一度、模試の結果を見る。

「涼香と同じ大学に行きたいし、ちゃんと頑張らなくちゃな」

♡♡♡

もう夏休み。多くの人が羽目を外し遊ぶ季節。

しかし、俺達は受験生なのでそうは言っていられない。

昨日と引っ越すまでの間、随分と盛大にサボったので、今日はより一層気合を入れる。

ともあれ、まずは腹を満たそうってことで、涼香は台所に立った。

「朝はパン、パンパパン♪」

涼香は某パンのCMで流れている有名な曲を歌いながら、朝食を作り始めた。

なお作っている朝食はパスタである。

もう、10時過ぎなので朝昼兼用で重めの食事だ。

「朝からご機嫌だな」

「うん！　だって、朝からお父さんとお母さんが、行ってきますのちゅーしてるところなんて見てないから、超元気だね！」

ちょっと生々しい三田《みた》家の事情を聞かされ、苦笑いする。

さてと、俺も涼香に任せっきりにせず、手伝うか。

「何かすることあるか？」

「え？　手伝ってくれるの？」

「亭主関白なんて今時は古い。俺もしっかりと家事はやる」

「家事は女の仕事だ！　って言う方がおかしいもんね」

「そういうことだ。まあ、専業主婦だっていうなら、話は違うと思うけど、現状はイーブンな関係だ。なのに、何もしないってのはおかしいだろ」

「じゃ、これからよろしく」

「ただ、俺の家事スキルは期待しないでくれよ？」

「知ってる。お皿すらまともに洗えないもんね。まあまあ、手取り足取り、教えてあげるから任せなさいな」

「皿くらいは普通に洗えるけどな？」

「じゃあ、ご飯を食べ終わったら裕樹に洗って貰っちゃおうかな」

ニコニコとしている涼香。

俺が皿洗いすらまともにできないと、馬鹿にしている。

さすがに俺だって、皿洗いくらいはできる。

とまあ、それから、昼食兼用の遅めの朝食を済ませた。

「よしっ。やるか」

早速、俺は台所に立ち皿を洗い始める。

皿を洗った経験は、ほぼ記憶にないが、それでも何となくでこなせるはず。

台所のシンクに皿を置き、スポンジを手に取り洗剤をつける。スポンジでお皿をごしごしと洗った後、水で流す。

意外と簡単だなとか思っていると……。

つるんと手が滑り、俺の手から離れたお皿が宙を舞う。

ガシャン！

大きな音を立てて、砕けてしまった皿を見つめた後、俺をにやっとした顔で見る涼香。

「お皿くらい普通に洗えるんだっけ？」

「生意気言ってすみませんでした……」

「あとね。洗ったお皿はこうやって立てないと乾かないよ？」

水切りラックに載せた皿の位置を直された。

「他に何か注意すべき点は？」

「お湯で洗うと油汚れがよく落ちるとか、汚れが少ないものから洗うとかかな」

「へー、意外と難しいんだな」

「ううん。最初は誰だって知らないから失敗するだけ。慣れたら、誰でもできるよ。さ～てと、割れたお皿の片付け方を教えるね。ちゃんと覚えるんだよ？」

割れた食器の効率のいい処理の仕方を涼香は教えてくれる。

頼もしい背中を向ける涼香を見て思った。

「俺にはもったいないくらいのできるお嫁さんだな」

「えへへ？　そう？」

「涼香なら、俺以外にもいくらでも良い人が見つかっただろうに」

釣り合いが取れてないなと愚痴を溢《こぼ》した。

よく考えずに涼香の将来を貰ってしまったことについては、少し後悔している。

もうちょっと考えてやれば良かった。

好きだと言ってはくれているけど、他にお似合いな相手はいそうな気はするし。

「それは私もかな。裕樹も本気出せば、私以上の女の子捕まえられただろうし。この際だから教えてあげるけど、裕樹って少し前までモテモテだったんだよ？」

「一度も告白されたことないのに？」

生まれてこの方、告白すらされたことのない俺。

少し前までモテモテだったという話に、違和感を覚える。

「サッカー部でエースしていたときは、超人気だった。なんといっても、スカウトにすら一目置かれる有望株。そして、誰よりもサッカーには真剣。でも、普段は気の抜けた顔しているギャップにやられた女子はたくさんいたね」

「じゃあ、なんで俺は告白されなかったし、周りに女子がいなかったんだよ」

「え？　なんか、モテてる裕樹にムカついてたから、私があいつはやめとけって小さい頃の恥ずかし話を振りまいたからに決まってるじゃん」

「おい」

「てへ？」

舌を出して、ごめんね？　とわざとらしい涼香。

「まさか、お前彼女作らないの？　って、よく友達から聞かれてたのは……」

「そりゃ、モテ男だからじゃない？」

「まじか……。いや、まじか……」

「まあまあ、モテモテだったのは過去のこと。サッカー部辞めた裕樹は全然モテてないから安心したまえ」

「よくもやってくれたな。俺の青春を汚しやがって……」

モテ期を幼馴染《おさななじみ》に邪魔されていたことを恨む。

あれ？　待った。

「どうかしたの？」

「お前さ、『裕樹くんと付き合ってないのはおかしい！』って周りによく言われてるって愚痴を溢してたことあったよな」

「うん」

「俺の評判を落とす姿を見て、『裕樹は渡さない！』そんな風に誤解されてたんじゃ……」

「あっ……」

俺に近づく女子どもを遠ざけるようなことをしていたら、涼香は俺のことが好きだと勘違いされるのは当然だろう。

「自分で自分のモテ期を遠ざけていたことに気が付いてどんな気分だ？」

「くっ。なんで、私って可愛いのにモテないんだろ？　って、ずっと思ってたから悔しいに決まってるよ！」

「ざまあみろ」

「ぐぬぬぬぬ。でもいいもん。今は裕樹がいるし」

涼香は俺の首元に手を回し、おんぶされるかのように強く引っ付いてきた。

「ねえねえ、釣り合いが取れないからとか気にしなくていいからね？」

「あいよ」

雑に返事を返すと、背中に抱き着いてきた涼香は、さらに強く体を押し付けてきた。

「その態度はなんだ！　このこの～。可愛いお嫁さんのナイスボディを味わってるんだからもっと有難《ありがた》く思え！」

雰囲気って大事だぞ？

逆に、この雰囲気で背中に当たる大きな胸の感触が～とか味わえる方がおかしいだろ。

涼香 Side

幸せな朝。

私は汚れた衣服を綺麗《きれい》にすべく、便利と名高い乾燥機能付き洗濯機のもとへ。

作業をしていると、昨日の夜のことを思い出してしまった。

夫婦になったが、その前段階の思い出は、皆無。

素敵な恋をゆっくりと育みたいと思っていた私は、ちょっと残念に思っていた。

仕方がないと割りきれていたのに、私の夫は見逃さなかった。

「過程をすっ飛ばさなくてもいいかあ～」

超嬉しい。私が望んでいたものをしてくれようとする裕樹。

そんな彼の計らいとは別に、私の中で卑《いや》しい感情が芽生えていた。

「強引にされるのもありだよね……。怖いけど」

好きな人が強引に求めてくれたら、それはそれで良きかな。

そりゃもう、彼を我慢させられないほど、私が魅力あふれている証拠となるのだから。

「うへへへ。幸せだな～」

もう何もかもが幸せだ。私ってちょろすぎじゃない？

裕樹に多少冷たくされようが、それでもなんか喜んじゃいそうだよ。

初めて使う洗濯機に衣類を放り込んだ後、お先にリビングで勉強を始めていた裕樹のもとへ戻った。

これから、色々な出来事を育みたい私は、裕樹に何の気なしに口にする。

「ねえねえ。今度、デートしよ？」

普通にデートに誘った。

受験生という意識が足りない気もするが、欲望を抑えきれなかった。

下手に欲をため込み、爆発させてしまうよか、ある程度発散した方がいいでしょ？

が、デートに誘われた私の夫は悩ましげな表情を浮かべる。

そりゃそうだ。私と違って、成績があまり芳《かんば》しくない。

遊んでもいいのだろうか？　という焦《あせ》りがないわけがないよね。

「あ～、ごめんね。やっぱなし」

「遊んでる時間なんて……と思ったが、俺が成績を上げれば問題ない」

やっぱり根は真面目なのだ。

サッカー部では、誰よりも真剣で真っすぐ。

恋人が欲しくないの？　と聞いたら『今はサッカーに集中したい』と言うくらいだ。

だからこそ、色恋で夢を邪魔されないように、私は裕樹の周りに女子が寄り付かないように頑張った。余計なお世話だったかもしれないけどね。

「じゃ、私も頑張るね！」

デートする時間を作るべく、私と裕樹は必死に勉強することにした。

しかし、二人でいるともの凄《すご》く悶々《もんもん》としてしまいヤバすぎる。

私は新しく住み始めた家にある自分の部屋で、勉強することにした。

が、別の誘惑に負ける。

ついつい、リンゴのロゴで有名なタブレットPCと、絵を描くための便利なペンを手に取ってしまう。

私の夢は漫画家。

今までは、板タブと呼ばれる画面の付いていないお絵かきをすることのできる道具をパソコンに繋《つな》いで、ちまちま漫画を描いていた。

だが、宝くじのお金で私の作業環境は飛躍的に向上した。

新しい機器を使って、もう何でもいいから描きたくて仕方がない。

「あれ？　裕樹と一緒に過ごしてなくても集中できてなくない？」

受験勉強に集中するために、わざわざ自分の部屋に帰ってきたのにね。

人が一生で稼げる平均以上のお金を持っている私。

そう、18歳にして、これからの人並みの暮らしが保証されている。

仕事を得るために有利に働く学歴を、必ずしも手に入れる必要はないけどさ……。

「でも、大学は楽しそうだから行きたいもんね。だから、勉強を頑張ろ！」

夢を叶《かな》えるためには、色んなものが必要になってくる。

大学生活はきっと私にいい影響を与え、より夢へと近づけてくれるに違いない。

ここは漫画を描きたい気持ちをぐっと堪《こら》えて、私は勉強をすべき。

なので、私はシャーペンを手に取った。

裕樹との楽しい毎日。

何も、色恋だけが人生というものではない。

幸福な夫婦生活だけじゃなくて、他のこともたくさん手に入れてやるんだからね！

♡♡♡

サッカーを辞めてから、嘘《うそ》かと思うくらい調子がいい。

涼香の後押しもあって、俺は今後の人生で何か楽しみを見つけられるようにと、ひとまずはできるだけ偏差値の高い大学に行くことを決めた。

せっかくだし、涼香と同じところを目指し始めたのだが、涼香は普通に優秀だ。

贈与税という言葉は知らなかったが、成績自体はもの凄くいいし、頭の回転も速い。

天と地とまでは離れていないが、俺との学力の差は大きい。

集中できないからと言って、別室に行ってしまった涼香。

そんな彼女との楽しい大学生活を思い浮かべ、俺はシャーペンを手にした。

サッカー馬鹿であったし、勉強馬鹿にだってきっと俺はなれるはずだ。

そして、２週間後。

お金もあるので予備校にも通い始めたし、勉強にも集中できるようになってきた。

自分の学力が明らかに向上中なのを、ひしひしと感じ始めた頃。

だいぶ危機感も和らぎ、余裕もできた。

そんな気がする。うん、気がするだけかもしれないけどな。

一方、俺と涼香の近況はというと……。

涼香は俺が勉強を頑張れるように、適切な距離を保ってくれている。

正直なところ、俺はもう涼香にベタ惚《ぼ》れである。

あんな風に優しくされたら、好きになるし、好きであったのなら、もっと好きになる。

母性の塊みたいなお嫁さんは、結局は何をしても許してくれそう。

大学に通うために頑張ると言っておきながら、勉強をそっちのけで甘えたくてしょうがない。

でまあ、涼香は俺の考えがお見通しなのか、俺とは朝と昼と夜のご飯を食べる際と、眠る前の数時間しか一緒に過ごしてくれなくなった。

寂しいが、勉強を頑張れ！　という涼香からのエールである。

だから、頑張れたけど、そろそろ我慢の限界が近い。

せっかく結婚したお嫁さんとイチャイチャしたい気持ちで、また勉強に集中できなくなりつつある。メリハリって大事だし、ちょっと一息《ひといき》吐《つ》いてもいいよな？

「デートに誘うか。母さんもだいぶ心配してるようだしな」

俺と涼香が、ちょっと距離感を保ちながら暮らしていたせいか、ちょくちょく様子を見にくる俺の母さんに、二人の仲を危ぶまれている。

で、遊びに行けば？　と水族館のチケットをくれた。

これで心配されてなかったら、逆におかしい。

おあつらえ向きに、デートへ誘う理由もきちんとある。

今日は自分の部屋で勉強するね！　と別室で頑張っている涼香に電話を掛けた。

『ん～、なに？』

「今、大丈夫か？」

『うん。大丈夫だけど、勉強したいから手短にね』

「あ～、悪い。じゃ、後で」

『了解。それじゃ、またね！』

ふぅ……。

ちょっと溜息《ためいき》を吐いてから、俺は頭を抱えた。

「いや、あれだ。よくよく思えば、俺って涼香のことデートに誘ったことなくね？」

電話越しに、今度、水族館に行こう、そう軽く話すつもりだったのだが、デートに誘った経験はなし。

思いっきり日和った。呆《あき》れるくらいの根性なし具合である。

俺は勉強すると決めた時間が終わるまで、英単語の暗記を頑張ろうと単語帳を手に取る。

集中しようと思った矢先、クラスメイトの田中《たなか》から電話が掛かってきた。

『よ、暇か？』

「暇じゃない。専門学校に進学する田中は随分と呑気《のんき》でうらやましいな」

『まあな！　もうほぼ決まったも同然。ガチで勉強する必要ねえもん』

俺の嫌味に田中も嫌味で返してきた。

友達同士のなんてことのない他愛のない会話は続く。

「用件は？」

『実はよ。え〜と、あのな』

「早く言え」

『俺、彼女できた』

「……自慢かよ」

『違うっつの。彼女ができたってのは前置きだぜ』

「で、本題は？」

『女の子が喜ぶ誕生日プレゼントって何だと思う？』

誕生日プレゼントをあげたいけど、何がいいかわからなくて俺に相談してきたわけか。

息抜きがてら、俺は真面目に田中の相談に乗ってあげることにした。

「付き合って、どれくらい経《た》つんだ？」

『3週間、いや、2週間とちょっとだ』

「で、今はどんな感じなんだよ」

『最近、初デートしたばかりだぜ。いやー、あれはマジで最高だった。待ち合わせ場所に着いたら、ニコッとこっちを見て手を振ってくれたのが本当に……ヤバいぜ』

やっぱり、彼女ができたって自慢したいだけじゃね？

結局、誕生日プレゼントの話題とはあまり関係ない話ばかりが続いて……。

『というわけで、ハンカチをプレゼントにしようと思う』

自己解決しやがった。

「そうかそうか」

雑な返答をする。だって、こんな惚気話《のろけ》、さっさと終わって欲しいし。

田中はうざいが、悪い奴《やつ》ではない。が、今日はいつにも増してうざいからな。

『恋はいいぞ。お前も三田さんと仲良くやれよ？』

いきなり出てきた三田さんは、もちろん涼香のこと。

涼香と俺はトラブル防止のために、学校では結婚したことを内緒にしている。

もちろん、生徒には内緒だが、学校側にはちゃんと伝えてあるけどな。

「なんで涼香の名前が出るんだ？」

『え？　だって、夏休みに入るちょっと前から、露骨にお前達の雰囲気が変わったし』

「……お、おう」

『で、付き合ってんの？』

「ま、まあ。そんな感じだ……と思う」

世帯を築いたと話すのは面倒だが、付き合ってると思われるくらいはきっと平気だ。

ゆえに、涼香と良い仲なのを認めた。

『さっさと恋人になりゃいいのに。幼馴染だからちょっと無理って、頑《かたく》なに恋人になろうとしなかったお前らが、とうとう付き合い始めたのか……。お父さん、二人がくっ付いて嬉しいぞ』

イケメンな田中のうざい顔が頭に思い浮かんだ。

てか、勝手に親面すんな。

「おい、俺はお前の息子じゃないが？」

『あははは、わりぃわりぃ。で、そっちは進展どうなんだよ？』

「俺達か……」

『もうキスはしたか？』

「してないな」

『じゃあ、デートはしたか？』

「……それもまだだな」

『さすがに、手くらいは繫いだよな？』

「それはした」

『……なんか、あれだな。お前ら、子供みたいな恋してるんだな』

「おい、それは、彼女との幸せ具合は俺の方が勝ってるな！　ってマウントか？」

『いや、事実そうだろ』

俺達の方がイチャイチャと楽しくやっている。

そんなマウントを田中に取られた。

こちとら、恋人どころか夫婦になってるんだが？　と言い返したくなったが……。

「そうだな……。うん、そうかもな」

最近始まったばかりの新生活に満足はしている。

しかし、田中のおかげで気付かされてしまう。

『ま、これからだろ。ちなみに、初キスのときは……』

再び始まる田中の惚気話。

それを適当に聞き流しながら、気が付いたことに意識を向けた。

俺達にとって結婚とは――

ゴールではなく、スタートだ。

そう、俺と涼香はまだ高みを目指せる。

まだ満足するには早い。

ぎゅっと拳を握って、俺は決意する。

俺は今まで以上に涼香と仲良くなる。

そして、もっとイチャイチャしたい！

『軽いノリでおっぱい軽く触らせてくれるんだぜ？　マジ、彼女って最高じゃね？』

夫婦である俺と涼香なんかよりも、田中の方が彼女と激しくたわむれている。

俺だって男だ。そんなのを自慢げに語られれば……。

火がついてしまうに決まってるだろ？

♡♡♡

「ふー、疲れた。ただいま、裕樹」

俺がリビングでくつろいでいると、集中したいからと言って、自分の部屋へ籠っていた涼香が現れた。

テーブルに置いてあった有名なアップルパイ屋さんの袋に気付き、涼香は血相を変える。

「駅前で美味《おい》しいって話題のお店のアップルパイじゃん！　どうしたの、いきなり」

「気まぐれだ。ちょっと息抜きに買いに行った」

「え～、なんか怪しいんだけど。まあ、いいや。紅茶を用意しよっと」

涼香は嬉しそうにキッチンへ駆けて行った。

少し並ばなくちゃ買えないようなアップルパイ。

わざわざ、勉強の手を止め、買いに行った理由はもちろんある。

「俺の紅茶も頼む。いや、俺が代わりに涼香のも淹《い》れよう」

「え？　なんか優しすぎて怖い……」

「なんもないぞ」

「前触れもなく、美味しいアップルパイを買ってくる時点で超怪しいから」

「好感度稼ぎだって言ったら？」

「それは中々やるね。んじゃ、私も優しくしてあげる。裕樹の分もちゃんと紅茶を淹れてあげるね」

いきなりアップルパイを買ってきたのは、そう、田中のせいだ。

あいつのせいで、俺達はまだまだなんだと気付かされた。

もっと仲を深めるべく、涼香を喜ばせたい一心でアップルパイを買いに行ったわけだ。

そして、電話越しでは上手《うま》く言い出せなかったことを口にした。

「今度、デートに行こう。いや、行きませんか？」

「本当は私もしたいけど……。まだ、ダメ」

「だ、ダメなのか？　ほら、俺の母さんが、勉強のせいでちょっとよそよそしい風に見えたっぽくて、心配してるしさ」

「うん、じゃお義母《かあ》さんには、私からも心配ないよって言っとくね」

「いやいや、ここは母さんを安心させるためにも、大人しくデートに……」

負けじと食い下がるが、涼香は折れてくれなそう。

最初はお前から、デートしない？　って誘ったくせに酷《ひど》いものだ。

「目に見えて成績は上がったの？」

「まだわからないけど、調子はだいぶ戻ってきたぞ？」

「油断大敵だよ。確かに調子は良くなってきたようだけど、それが成績に結び付いているかは、模試でも受けなきゃわかんないじゃん」

「そ、そうだけど……。デートがしたいです」

「ここは我慢のときだって。ね？」

「……はい」

「ところでさ、今日はなんでそんなに熱心なの？」

涼香は俺の様子が少し違うのを不思議そうに聞く。

「べ、別に？」

「教えてくれたら、デートしたくなっちゃうかもよ？」

「実は……」

アップルパイを買ってきた経緯と、デートしたいと食い下がった理由は、田中のせいだと素直に話した。

全てを知った涼香は、笑いながら俺をつついてくる。

「男の子だねー。このこの～」

そして、俺は懲りずにもう一度チャレンジする。

「素直に答えたんだし、デートは……」

「やっぱりダメかな」

「じゃあ、お出掛け」

「言い方を変えても無理なものは無理だよ？」

「お散歩は……」

「ふふっ。だーめ！　まったくもう。裕樹さ、私のこと、好き過ぎでしょ」

しつこい俺を笑う涼香。

いや、しょうがないだろ。好きなんだしさ。

第10話 ゼロから始めた新婚生活

結婚はゴールじゃなくて、スタートでしかない。

まだまだ、満足するのは早いと知った。

今一度、俺は涼香《すずか》と自分を比較してみる。

涼香はポカするけど、成績は優秀。それなりに絵も描けるという特技もある。おまけに、家事スキルも高い。

一方、俺はというと……。

成績は中くらい。得意なサッカーは辞めてしまっている。家事スキルも皿を割るレベルだ。ちなみに、昨日も割った。

釣り合いなんてものは、気にしない涼香だろうけどさ、スペックというか、魅力的な部分は幾つあっても損じゃないはずだ。

よし、勉強以外でも何か頑張ってみるとするか……。

そんな風に考えていたとき、涼香が俺のもとへやって来てお願いしてくる。

「裕樹《ゆうき》！　腹筋見せて」

「なんで？」

「漫画に出てくる人を描くための参考資料だよ」

今時、腹筋の資料なんて幾らでもネットに転がっている。

わざわざ俺に頼むあたり、涼香の性癖が見て取れる。

キラキラした目で腹筋を見たそうにしている彼女は、紛れもなく『筋肉』フェチなのだ。

細マッチョ系が大のお気に入りで、俺の腹筋が理想に近いらしい。

なるほど、一つ磨ける部分が見つかった。

「しょうがないな」

「うん、良い漫画を描くための協力ありがとね」

「ほら、好きなだけ見ていけ」

上着を捲《めく》る。

が、しかし、涼香の顔はちょっと浮かない。

「前よりもたるんでる……」

「悪いな。完全に運動不足だと思う」

「ううん。まだまだ、引き締まってる方だから全然いいけどね～。パシャリっと」
スマホのカメラで写真まで撮られる。
時間にして1、2分が経《た》った後、満足そうな顔で涼香は去って行った。
これで、涼香に腹筋の資料を提供したのは10回目くらいである。
さて、一人ぽつんと残された俺は改めて服を脱ぎ、鏡の前に立つ。
「磨ける部分というか、維持すべきところは早速あったな」
お嫁さん好みな細マッチョ状態の維持。
涼香により一層好いて貰《もら》うための自分磨きとして、うってつけだ。
善は急げ。
涼香も漫画を描くという息抜きをしている通り、今は勉強も終わった余暇の時間。
時刻は夜だが、深夜ではない。
少し遅いが、外へ走り込みにでも行ってみよう。
ぱぱっと、トレーニングウェアに着替えた。
涼香にコンビニへ出かけると言って外へ出る。
何故《なぜ》、走るために外に出ると、正直に言わないかというと……。
「驚かせてみせる」

筋肉に厳しい変態な涼香。
ちょっと衰えた俺の腹筋を見て残念そうにしていた。
つまり、鍛えなおしているのを内緒にしておいて、ビックリさせてやろうってわけだ。
好かれるため、好きでいて貰うため。もっと、仲良くなるため。
そのための努力は惜しまない。
それにまあ……。普通に健康面も大事だしな……。
昨日の夜、体重計に乗ったら4キロも増えていた。
運動をしなくなったのに加え、涼香が作るご飯が美味《おい》しいのがいけない。
メインのおかずも、しっかりとおかわりが用意されているあたり、本当に卑怯《ひきょう》である。
靴ひもが解《ほど》けない様にきつく結ぶ。
そして、俺は走り込みを始めるのだった。

♡♡♡

「ふ～～。よし、今日はこんなもんか」
走り込みを終え、部屋で筋トレを終わらせた。

細マッチョを維持すべく運動を始めたが、いいこと尽くめである。

健康面はもちろんのこと、気分転換になって勉強に身が入るようになった。

さらに、運動によりカロリーをたくさん消費しているからか、ただでさえ美味しかった涼香のご飯がさらに美味しく感じられる。

まだ始めて3日目だが、すでに出ている効果。

この調子で運動は続けるとして、何か他にも俺の魅力を上げる方法はないだろうか？

『女が魅力に感じる男』と馬鹿真面目に検索してみると、『サプライズに女の子は弱い⁉』という記事を見つけた。

内容を大まかに要約すると、普段サプライズなんかしない奴《やつ》だと思われている人ほど、好きな相手にサプライズをしろ！　だそうだ。

俺と涼香は、一緒に暮らし始めたのに勉強ばかり。

夫婦どころか、恋人同士がするようなことすら、あまりできてない。

せっかくだし、何か理由をつけてサプライズでも仕掛けてみよう。

「って思ったんだけどな……」

喜ばれそうな何かを思いつけないでいる。

悩んでいると、涼香の母親であり、今は俺の義母でもあるお方から電話がきた。

わざわざ俺に掛けてくるとは、一体どうしたんだ？

『もしもし、裕樹君。今、少し大丈夫かしら？』

「あ、はい。大丈夫ですけど……」

『そう。それなら良かったわ。最近、涼香と上手《うま》く暮らせてるのか、気になって電話をしたの。ほら、あの子って色々と遠慮ないじゃない？　そこら辺が心配でね……。裕樹君って優しいもの。たぶん、文句があっても我慢しちゃうでしょ？』

「別に文句はないですよ。むしろ、楽しくやってるんですけど、なんか、新婚で一緒に暮らし始めたのに、受験生のせいで勉強ばかりで……」

『それは楽しくないわね。せっかくの新婚生活なのに！　私がお父さんと結婚したばかりの頃は……』

あ、なんか始まった。

おばさんは自分の新婚生活を俺に赤裸々に語り出す。

とても一方的だけど、なんだかんだで羨ましく思える日々を延々と聞かされた。

10分後。

『それでね……。新婚生活のときは、もう互いに意識しちゃって……。あ、ごめんなさい。つい、あの頃を思い出すのが楽しくてたくさん話しちゃったわ』

「いえいえ。で、勉強ばかりでつまらないので、何か涼香を喜ばせるようなことをしてみようかなと思ってたんですよ。何か、涼香が喜びそうなことってわかります？」

『ええ、何年も親をしているんだもの。あの子が喜ぶことくらい、幾らでも言えるわよ』

「じゃあ、お願いします」

『たぶん、一番喜ぶことはデートに誘うことよ！』

「あー、断られちゃったんで、それなしです」

『あらあら……。ちなみに、どうしてなの？』

「俺の成績が悪いからです。成績が上がるまではお預けねって言われました」

『となると、デートするためには、模試で良い成績を取って見せつけるしかないわね……』

「ですよね……。頑張ります」

断られたのは、まだ結果が出ていないから。

つまり、俺がきっちりと模試で良い結果を収めれば涼香も文句はないというわけだ。

『裕樹君。今が踏ん張り時よ。あの子、デートするために勉強を頑張ったとアピールしたら、すっごく喜ぶと思うの』

「それはそうですね。あと、何か喜ぶことって……」

『あるわ。プレゼントよ。裕樹君から何かをあげたら凄《すご》く喜ぶはずよ。デートの帰り際《ぎわ》に渡すとか、そういうベタなシチュエーションが特に涼香は好きね』

プレゼント……。

言われてみれば、しっかりとしたものを涼香に贈ったことはない。

精々《せいぜい》、帰り道で買い食いするとき、アイスとかを奢《おご》ってやったくらいだな。

でも、あいつの欲しいものってなんだ？　お金は持ってるし、そこそこ今は贅沢《ぜいたく》に買い物して、欲しいものは……買っちゃってるだろう。

「何が欲しいと思います？」

『知ってるけど、教えてあげないわ。自分で考えて、涼香にあげてみなさい。たぶん、そっちの方が涼香は喜ぶはずだもの』

「意地悪ですね……」

『うふふ。だって、姑《しゅうとめ》は意地悪って相場が決まってるじゃない？』

おばさんはお茶目なことを言った。

意地悪だったら、涼香と俺の関係が上手くいってるか心配で電話しないだろうに。

最近は疎遠になっていたが、昔はおばさんによくお世話になっていたのを思い出す。

ちょっぴり懐《なつ》かしさに浸りながら、俺はお礼を言った。

「それじゃあ、自分で考えてみます。なんか、色々とありがとうございます」

『いいえ。だって、裕樹君はもう私の義理の息子でもあるんだもの。このくらい、朝飯前よ。あ、ごめんなさい。愛する夫に呼ばれちゃったから、そろそろ切るわね』

プツンと切れる電話。

おばさんの最後の言葉で、俺はふふっと笑みを溢《こぼ》した。

「本当に凄いよなあ」

今も昔も仲良し。

電話で夫のことを楽し気に語れるほどに、幸せな夫婦円満を築き上げている。

俺も涼香と末永く、そんな風でありたいものだ。

よしっ、そのためにも……。

「裕樹～。お風呂《ふろ》空いたよー」

お風呂が空いたことを、涼香は俺に聞こえるように教えてくれた。

普段だったら、そのままお風呂に入るのだが……。

「悪い。後で入る」

今度の模試は良い点を取るために、もうちょっと頑張ろう。

涼香をデートに誘っても断られないように、今度の模試で良い点を取る。

俺は参考書を取り出して勉強を再開した。

涼香 Side

裕樹が怪しい。

夜になると必ずコンビニへ行く。

別におかしくないでしょ？　って思うだろうけどさ、おかしいと思った根拠はある。

家からコンビニまでは5分も掛からない。

往復で10分。店内でお買い物をする時間を仮に10分だとしても、合計20分。

なのに、裕樹がコンビニに行くと、１時間も帰ってこないのである。

「ねえねえ、裕樹。コンビニに行くなら、私もついて行っていい？」

「あー、一人で行きたい気分だ」

「そ、そうなんだ」

うーむ。怪しいなあ……。

コンビニに行くのもそうだが、他にも最近の裕樹には色々と不審な点がある。

私のこと、ちらちら見てくるんだよね……。

なのに、『さっきから私のこと、ちらちら見てるけど何なの？』と聞いたら、『別に？』だ。

私が雑誌を読んでいるときが特に激しいんだよね……。

私が振り向くと、そっと目を逸《そ》らして何も見てないよと演技をする。

他に、裕樹の怪しげな所は3つもある。

1つ。

携帯を弄《いじ》っている裕樹を見て、私は何を見てるのかな～って興味本位で後ろから覗《のぞ》いたら、慌てるように画面を消された。

2つ。

裕樹の成績が芳《かんば》しくないので、デートに誘われたが私は断った。

さすがに、可哀《かわい》そうなので、お家《うち》でのイチャイチャする時間を増やしてあげなくちゃねと思い、こっちから声を掛けてあげているのに、『悪い。ちょっと、今忙しい』と言って、逃げられるようになった。

3つ。

お金の管理は、基本的に私がしている。

裕樹が何不自由ない生活を送れるように、ちゃんとお金は渡している。
ゆえに、ちょっとした変化にも気付ける。
一気に財布の中身が減ってることにも。
急に裕樹のお財布からお金がごっそりと消えた。
1万円札が何枚も消えていたのに、何に使ったか見当もつかない。
以上。
「意味がわからないよ」
別に私に優しくないわけでもなく、何か嫌なことをしてくるわけでもない。
こそこそとされているだけ。
こんなの入籍する前までは、絶対に気にならなかったのにね。
なんか、好きな人に隠し事されてるの嫌だなあ……。
大したことじゃないとわかっていても、少し息苦しい。
何を隠してるんだと吐かせたい。
でも、そこまで踏み込んで、面倒くさい女の子だと思われたらどうしよう。
好きな相手にちょっとでも良く思われたい。
そんな気持ちが、私の邪魔をする。

ほんと、隠し事は何なんだろ？

も、もしかして、一緒に暮らし始めてそこそこ経ったけど、やっぱり私と気が合わなくて、気疲れしちゃってる？

い、いやいや、さすがにそれはない……はず。

あり得ないと思っても、疑念は払拭《ふっしょく》されなかった。

急にお金遣いが荒くなるなんて、絶対に怪しい。

私に愛想《あいそ》を尽かした？

私に隠れて女遊びをしてる？

あー、もう、何を隠してるんだろ！！！

「もう無理。聞いてみよ」

良い妻と見られたい。

だから、裕樹には深く追及しなかったけど、さすがに我慢の限界であった。

今日もコンビニへ行こうとする裕樹を呼び止める。

「ねえ、裕樹。私に何か隠してない？」

「えっと、隠してないぞ？」

絶対に嘘《うそ》だ。幼馴染《おさななじみ》だからわかるもん。

絶対に何か隠してる。

それが自分にとって良くないコトかもしれないと思うと、自然と涙が出ていた。

♡♡♡

意味がわからなかった。

俺の目の前で涙を流す涼香を見て、俺は慌てふためく。

「ど、どうしたんだよ」

「だ、だって、裕樹が何隠してるか教えてくれないから……。最近、絶対に怪しいもん」

「あ、怪しいって？」

「毎日、夜にコンビニに行くし。お喋《しゃべ》りに誘っても、最近は断ってばっかり。私の方を見てるのに見てないふりする。裕樹がスマホを弄ってるのを、ちらっと見ようとすると、すぐに画面を消す。極めつけは、お財布からお金がたくさん減ってるし……。ちょっとどころか、凄く怪しいじゃん……」

賢いお嫁さんは、俺の行動をしっかり見ていたとのこと。

そりゃ、俺も涼香がいきなり俺を見てはすぐに顔を逸らしたり、涼香の財布からごそっとお金がなくなっていたりしたら、怪しんで当然だ。

俺が何故《なぜ》、そんな不審なことをしていたかには理由はもちろんある。

「あのさ……。俺、お前を喜ばせたかったんだよ」

「へ？」

「えーっと、毎日のようにコンビニに行くのは走り込みだよ。ほら、お前って俺の腹筋が大好きだろ？　今度見られたとき、引き締まった感じで驚かせたくて……」

「私が、お話しよ？　って誘ったのに、断るようになったのは？」

「勉強してる」

「なんで？」

「ほら、最近の俺達って勉強ばっかりで新婚生活を満喫できてないだろ。それは、俺の成績が悪いからで……。だから、今度の模試で良い点を取れば、涼香が安心できるようになって、デートしてくれるかなと思ったわけだ」

「もしかしてさ、裕樹の怪しい行動って……。全部が私を喜ばせるためなの？」

変な勘違いをさせていた俺は気恥ずかしくなりながらも、正直に答えた。

「そういうことになるな」

「はあーーーーー。もう、ほんと良かったあ……」

「お、俺、そんなに挙動不審だった？」

「めっちゃ怪しかったよ！」

「悪い……」

「もしかして、私のこと嫌いになっちゃったのかなとか、私から離れるための準備をしてるのかなとか、外で女遊びしてるのかなとか、色々と考えちゃった」

「そんなわけないだろ」

「それは知ってるよ。そうじゃないとわかってたけど、不安でさ……」

「……ごめんな」

最近の俺は色々としていた。

でも、涼香を驚かせたい一心で、ひた隠しにし過ぎた。

結果として、凄く不安な思いをさせてしまった。

「はー、やっちまった……」

「ううん。私が、心配性なだけだって」

「いいや、違うだろ。今回は俺のミスだ」

「あ、あと、気になってることがまだあるんだけど、聞いていい？」

「この際だし、何でも答えるぞ」

「お、お金は……どうしたの？　随分と一気に使ったみたいだけど……」

「涼香にプレゼントを買った。あと、デート用におしゃれな服を買ってみた」

「なんか、ごめん。裕樹は私を喜ばせようと思って、色々としてくれてたのに、水を差すようなことしちゃったね」

申し訳なさそうに謝る涼香の顔を見て笑ってしまった。

「ちょ、なんで笑ってるの？」

「ぷっ。いや、俺達って、結婚してるのに、付き合いたての恋人がするようなやり取りをしてるのがおかしくて」

「ふふっ。あははは」

「な、おかしいだろ？」

二人して夫婦とは思えないことをしているのが、おかしくて笑えてしまう。

ああ、そうだな。

やっぱり、そうだ。また、実感させられる。

俺達にとって、やっぱり、結婚は――

ゴールじゃなくて、スタートでしかないわけだ。

第11話　水族館デート

今日は待ちに待ったデートの日。

そう、俺は模試で良い点を取ることに成功し、涼香《すずか》とのデートを無事に手に入れた。

好きな子と初めてのデート。

忘れられない思い出にしたいからこそ、涼香にプレゼントも用意した。

サプライズで渡したかったが、プレゼントの存在はもう知られている。

まあ、何をあげるかバレてないだけでも良しとしよう。

「よし、準備するか」

朝ご飯を食べ終え、身支度を整える。

髪を整え、幸いにもまだ濃くなっていない髭《ひげ》を綺麗《きれい》に剃《そ》り、眉は……この前、整えたばっかりなので大丈夫だろう。

鼻毛は出ていないかなど、細かく隅々までチェック。

最後は服。デート用にと選んだおしゃれな服装に着替える。

上はリネンシャツという、麻で作られている清潔感がある一品。

下はスキニーパンツ。細身のシルエットでスマートな印象を与えてくれる。

お金には余裕があるので、いつもより背伸びして買ったばかりのお高い服だ。

店員さんにも、しっかりと意見を聞いたし、きっと大丈夫だと思う。

準備を終え、涼香の準備が終わるのを待つも、そわそわと落ち着かない。

大人しく待っていたら、涼香からメッセージが届いた。

『初めてのデートだし、待ち合わせした風に合流したいから駅に行ってて?』

可愛《かわい》いことを言いやがる。しょうがない、言う通りにしてあげよう。

手荷物を持ち、先に駅へ。金銭感覚が緩み始めている俺は、駅前のカフェで、少し前なら買わなかったであろうコーヒーを買い、飲みながら待った。

そろそろ着くよとメッセージを貰《もら》う。

指定されている場所で待っていると、遠くから手を振りながら涼香が俺に近づいてきた。

「お待たせ！　どう、可愛い？」

少し照れた様子の涼香の服に目をやる。

大胆に脇の開いたノースリーブの、白を基調としたトップスが目を惹《ひ》く。

それを引き立てるように、スカートの主張はそこまで激しくない。

カバンも服に合わせたものであり、どこを見ても統一感がしっかりしている。

おしゃれに詳しくない俺の目から見ても、明らかに考え抜かれたコーデだ。

最近の涼香は、Tシャツに冷えを防ぐための薄手のパーカー、ズボンはハーフパンツというラフスタイルだったのに、今日はデートを意識したおしゃれさん。

気合に満ち溢《あふ》れている姿が、俺のためだと考えるとテンションが上がる。

「まじまじ見てないで、褒めてくれてもいいんだよ？」

「凄《すご》く可愛いし綺麗だ。お前の本気って凄いな」

「でしょ？　私もここまで頑張ったのは初めてだよ。で、まあ……裕樹《ゆうき》もあれだね」

何か悩まし気？　な感じでこっちを見つめる涼香。

一体、どうしたんだ？　何か不味《まず》いことでもやらかしたか？

不安を少しばかり感じ始めるも……それはすぐに消え去った。

「超気合入ってて、凄く格好良いね。なんか、恥ずかしくて直視できないや」

「俺も本気を出してみた」

「そういう律儀《りちぎ》なとこ、ほんと好き！」

「さてと、じゃ、行くか」

気合の入ったお嫁さんと俺は水族館へと歩き出した。

♡♡♡

気が付けば、今も昔も大人気の水族館に到着していた。

薄暗い館内を涼香と一緒に歩き始める。

少し寒いのか、涼香はノースリーブの上にカーディガンを羽織っており、これまた印象が変わり、落ち着いた感じがして可愛い。

「小魚って、いいよね……」

涼香と一緒に小さい水槽を泳ぐ小魚を見る。

大きい魚に目を奪われがちだが、こういう小さい魚も魅力的だ。

なお、俺は魚よりも涼香の方をずっと見ている。デート用のガチコーデの涼香なのだから、たくさん見なきゃ損だしな。

だが、涼香の格好にばかり目を惹かれていないで、会話もちゃんとしよう。

「ああ、小魚も悪くない」

「昔、小魚はしょぼい、サメ見に行こうぜ！　って言ってたのに？」

「よく覚えてるな」

「記憶力は良いからね？　で、裕樹が思う小魚の良さは？」

「飼いやすい」

「合理的な理由過ぎ。もうちょっとロマン溢れる回答を期待してたのにさー。はい、もう、一度！」

小魚の魅力をロマン溢れる風に語れと要求された。

ロマン溢れるかと言えば微妙なラインだが、色々と答えは出せる。

「小さくて庇護《ひご》欲をそそる。なんか、可愛くて癒《いや》されるとか？」

「なるほどなるほど。んじゃ、一般的な人よりも、小柄な私はどう？」

胸が大きいだけで、実は小柄な涼香。

小さくて庇護欲をそそるという俺の発言を聞き逃さなかった。

「守って欲しいと催促か？　お前、俺に助けられるのあまり好きじゃないだろ」

涼香は気が強いとまではいかないが、俺に助けられるのを良しとしない。

幼馴染《おさななじみ》として対等で貸し借りはしたくないと言っていたのを覚えている。

「夫婦となったら話は別だよ？　で、小柄な私を裕樹はちゃんと守ってくれるの？」

「当たり前だろ？　涼香はお、俺のお嫁さんだからな？」

「あ、言ってる途中で照れた。そんな嬉《うれ》しいこと言われちゃうと、ニヤニヤしちゃうね」

「さっきから、ずっとニヤニヤしてるから変わんないと思うぞ？」

「えへへ。じゃあさ、裕樹は私と夫婦になったからこそ、私に求めたいものってある？」

「答えづらい所に突っ込んできやがったな……」

夫婦になったからこそ、妻である涼香に求めたいものか……。

「思いっきり甘えてみたい」

「ほほう。素直な答えだね」

「そりゃま、幼馴染であるお前にだったら、甘えたら小馬鹿にされるだろうし、絶対に嫌だったけどさ……。今なら、なんというか、凄く甘やかしてくれそうだし」

「わかってるじゃん。今の私は裕樹のこと好きって気が付いちゃったからね〜。そりゃもう、たくさん甘やかしちゃうぜ？」

ノリノリである涼香。

素直に言って馬鹿にされるかもと思ったが、全然そんなことはなくてホッとする。

「やっぱ、幼馴染と夫婦、関係が違うだけで色々と変わるもんだね」

「そりゃそうだろ。涼香は俺に守って貰いたくなったし、俺はお前に甘えたくなった。なんというか、えらい変わりようでびっくりだ。っと、小魚エリアはまだ見るか？」

「もういいよ。あと、私ばっかりに合わせる必要はないからね！」

二人で満喫してこそ、真に楽しめる。

涼香との初デート、少しばかり気合を入れ過ぎていたから、もうちょっと気を緩めよう。

「じゃあ、あっちの熱帯魚コーナーが気になる」

「うん！　行こ行こ！」

♡♡♡

色々な水槽を見て回ること1時間。

そろそろ、イルカショーの時間なのを思い出し開催場所へ。

「ここのイルカショーって、かなり有名なんだっけ？」

「そうそう、超有名だね」

「あー、もうちょっと早く移動すべきだったな」

少し早めに来たのだが、会場の席はほぼ満席。そう、今は夏休み。

水族館は広くて、お客さんがまばらになりがちだが、メインの大型イベント。

散らばっていたお客が、こぞって集まるわけだ。

想像以上の混み具合。座れる場所はないかと思われたが、前の方が不自然に空いていた。

「裕樹、あそこが空いてるね。でも、絶対にびしょ濡《ぬ》れになる未来が見える。ほら、席に『水が大きく飛び跳ねるため、この席をご利用の方はご注意下さい』って書いてあるくらいだし」

子供がそこに座りたいと言っても、濡れるからダメと親が諭すような席。

怖いもの見たさで、涼香は座ってみない？という顔だ。

しかし、今日の涼香は化粧も凄く気合入ってるし、ふんわりといい匂いもする。

水濡れさせるのはもったいない気がしてならない。

「化粧とかヘアスタイルとか崩れてもいいのか？」

「せっかく見るんだし、良い席で見たいじゃん。それにさ、裕樹ならヘアスタイルが崩れるのを見られても大丈夫だよ？　ほら、毎朝、ぼさぼさ〜ってしてる私の髪の毛、見てるじゃん」

「じゃ、あそこに座るか」

「やった！」

二人して、前の席に腰を掛ける。

濡れるの覚悟で座れるのは、やっぱり幼馴染だからだろう。

世間一般的に幼馴染と付き合うのは『ない』と言われがちだ。

幼馴染と付き合うと別れたときが怖いだとか、幼馴染は恋愛するときに燃え上がる感じが薄いだとか、色々とマイナス面ばっかり言う奴《やつ》は誰だ？

こんな感じで、他にはない楽しみもあるだろうが。

内心で幼馴染と付き合う素晴らしさを説いていたのも束《つか》の間だ。

「みなさーん。こんにちは～」

イルカを操るトレーナーのお姉さんが元気よくプールの裏から出てきた。

スタイル良いな、あのお姉さん。

ぴちっとしたウェットスーツを着ており、体のラインがはっきりと見える。

ついつい、目を奪われた。

「裕樹って、ちょっとあれなことを考えると鼻が膨らむよね～」

「怒ったか？」

「このくらいじゃ怒らないよ」

「意外だな」

「さすがにこんな些細《ささい》なことで、目くじらを立てる面倒くさい女の子じゃないし」

これはこれでいいのだが、個人的には嫉妬して貰えるのも嫌いじゃない。

ま、余計なことだ。言わないでおこう。

「お、本格的に始まるみたいだな」

お姉さんが持つフラフープの輪をジャンプで潜ったり、鼻先のボールが落ちないようにバランスよく載せたりするイルカ。

様々な芸が披露されていき、観客も大盛り上がりだ。

そして、最後の演目はイルカ２頭の同時ジャンプ。

バシャンと大きな水しぶきがあがり、観客席に降り注ぐ大量の海水。

瞬《また》く間に、俺と涼香はびしょ濡れになった。

「あははは、めっちゃ濡れた〜〜〜」

無邪気に喜ぶお嫁さんと同じように俺も笑って喜んだ。

楽しい時間はあっという間。びしょ濡れになった後、40分ほどのイルカショーは終わった。

どんどん人が会場から離れていく。

俺達は前の方に座っているし、どうせ会場から出られるのは最後の最後。

少しばかり、人混みが解消されるまで涼香と待つ。

「めっちゃ楽しかった！」

多少の水濡れは覚悟していたのだが、想像以上にびしょ濡れ。

初デートなのに台無しである。

涼香の化粧も崩れたかと思いきや、しっかりと顔は守っていたようだ。

でも、顔以外はもう酷《ひど》い有様《ありさま》だ。

「デートだってのに、酷い格好だな」

「へっくち。……変なくしゃみ出ちゃった」

「ティッシュ要るか？」

「うん、貰う……」

鼻をティッシュで拭う涼香。

髪の毛は結構濡れており、服もそこそこ濡れている。

これ、本当に初デートなんだろうか？

ま、俺達らしいし、これはこれでいいか。

♡♡♡

夕日が赤々と輝き、少しだけ外の暑さが和らぎ始めた。

年甲斐《としがい》もなくはしゃぎまくって水族館を満喫した俺達は、帰り道を歩く。

もちろん、俺のかばんの中にはたくさんのお土産がある。

宝くじを当ててから、本当に財布の紐《ひも》が緩いったらありゃしない。

「今日は楽しかったよ。ありがと、裕樹！」

「た、楽しんで貰えて安心した。お、俺も今日は涼香とデートできて楽しかったよ」

ぎこちない返事で応じる。

今日を忘れられないような記憶にしたい。

ゆえに、俺は涼香にプレゼントを用意した。

で、さっきからどう話を切り出そうか物凄《ものすご》くタイミングを狙っているからだ。

軽い感じで何かをあげたことはあるが、かしこまって物をあげたことなどない。

妙に気恥ずかしくて、中々に覚悟が決まらない。

「あのさ、なんかおどおどしてない？」

「べ、別に？　気のせいだろ」

「ふーん。そっか……」

水族館と駅を繋《つな》ぐシャトルバスへと向かう際、ちょっと良い景色の場所で立ち止まる。

ふぅ。落ち着け。

「なあ、少しだけ風景でも見てかないか？」

「いいよ」

ぼんやりと、二人で並び景色を眺める。

しかしまあ、なんというかヘタレだなあ……俺。

さりげなくポケットに仕込んだプレゼントの小包を渡すのにここまで苦労するとは……。

ゴクリと生唾を飲む。

さらに少しだけ日が傾いた頃、俺は勇気を振り絞って小包を取り出し涼香に投げた。

素直に渡せないあたりが、ほんとダサい。

「ほらよっ」

「え、あっとっと。いきなり投げないでよ。あ、これって……」

「お前へのプレゼントだよ。ほら、この前、買ったって言っただろ？」

「そうだったね。えへへ、ありがと～。超嬉しい」

「き、気に入って貰えると嬉しい」

涼香が雑誌を読んでいるのを後ろから覗《のぞ》いたり、さりげなく欲しいものを聞いてみたり、色々と情報を集めて選んだし、きっと喜んで貰える……はずだ。

どう反応されるか不安になりながらも、じっと待った。

そして、涼香は小包から出てきたネックレスを見て目を輝かせる。

「これ、欲しかったネックレスじゃん。このこの～、お嫁さんのことよく見てる夫め！」

「き、気に入った？」

「うん！」

涼香は満面の笑みで答えてくれる。

その顔を見て、俺はホッと胸をなでおろした。

そして、『ねえねえ、良い雰囲気なとき、好きな男の子から付き合ってくださいって言われたいなー』と、涼香にお願いされていたことを思い出した。

よし、せっかくだ。今日はもうひと頑張りしよう。

「涼香。ちょっと、こっち向いてくれ」

「どうしたの？」

涼香の顔をしっかり見つめ、俺は口を開く。

「好きです。付き合ってください」

野暮なことは言わずに、涼香は俺の意図を汲《く》んでくれた。

「はい。喜んで」


こうして俺と涼香は、夫婦になる前にあるべきであった手順を、そっと踏むのであった。

今後も、飛ばしてしまった俺達の恋にまつわる思い出を作れたらなと思う。

告白後の余韻を噛《か》み締めた後、清々《すがすが》しい気分で口を開く。

「そろそろ帰るか」

「だね。すぐに帰って、裕樹がくれたネックレスに合う服を見繕わなきゃ」

テンション高めで涼香は歩き出した。

置いてかれないようにと、俺もついて行く。

「ほら、浮かれてると転ぶぞ」

「へーき、へーき！　転んでも、きっと裕樹が守ってくれるからね！」

♡♡♡

水族館でのデートを無事に終え、俺達は帰途についた。

「裕樹」

「ん？　どうした」

「ただ呼んでみただけ～」

シャトルバスまでの道をゆっくりと歩いていると、下り階段の手前に差し掛かる。

今日のデートは成功したといえよう。

しかし、二人して、浮かれに浮かれて注意力が散漫となっていた。

そこそこ高めの階段なのに、怖さなんて微塵《みじん》も抱かずに、へらへら笑いながら歩いていた。

だからこそ、背後から走ってきている少年に気が付かなかった。

――ドン。

階段を駆け下りていく小学生くらいの男の子が涼香にぶつかる。

「きゃっ！」

小さく叫び声をあげる涼香。

不意の一撃。足腰に力なんて入れておらず、涼香は転げ落ちていきそうだ。

間に合え！

何とか必死に体勢を戻そうとする涼香を抱き、階段から俺も一緒に落ちた。

ゴロゴロと数秒の鈍い音が響いた後、涼香が無事か確かめる。

「だ、大丈夫か？」

「う、うん。私は大丈夫だけど……。ゆ、裕樹⁉　だ、大丈夫！」

ああ、どうやら涼香は無事みたいだ。

安心したら、俺の体に激しい痛みが走っているのに気が付く。

「っつ、いっって……」

うめき声しか出せないし、明らかにダメっぽい。

意識こそ失いはしないが、痛みでまともに俺は喋《しゃべ》れなくなる。

どうやら、人生は幸せなことばかりではないようだ。

第12話　何もかもが順調だとは限らない

俺は、ギプスで固定されて不自由になった右腕を見やる。

涼香《すずか》が男の子にぶつかられ、階段から転げ落ちそうになったのを助けた結果がこれだ。

怪我《けが》の治療と検査のために数日ほど入院した。

今日は退院日で、やっと家に帰ることができる。

「んしょっと」

迎えにきてくれた涼香は俺の荷物を持つ。

左腕は無事で荷物くらい余裕で持てるが、気を遣ってくれているようだ。

「随分と帰るのに時間が掛かっちゃったね」

「短いとはいえ、入院したしな……」

水族館から家に帰るまで、こんなにも時間が掛かるとは思ってなかった。

苦笑いしながら、呼んであったタクシーに俺と涼香は乗り込む。

「全治3ヶ月。受験生なのに利《き》き手が使えないのは致命的だっての……」

タクシーに乗り、揺られながら自宅に帰る中、頭を抱え不安を嘆く。

受験生なのに、利き手はペンすら握れない。これは凄《すご》いマイナスだ。

色々と吹っ切ることができて、勉強に力を入れられるようになった矢先にこれである。

考えれば、考えるほど、気が滅入《めい》ってくる。

「裕樹《ゆうき》のサポートは惜しまないからね」

「いいや。お前も受験生なんだし。あんまり無理するなよ？」

「じゃあ、ほどほどに助ける」

「はあ……なんか気疲れした。ちょっと寝る」

家に向かうタクシーの中、俺は不貞寝《ふてね》しようとした。

でも、今後への不安のせいで、なんだか落ち着かなくて眠れはしなかった。

タクシーに乗り込んで2時間。やっとの思いで、俺は家に帰ってきた。

「ふー、大変な目に遭っちゃったね。お帰り、裕樹」

「ああ、ただいま」

家に着いたのは夕方頃。

さて、今日はゆっくり体を休めようと思っていたら、おばさんがお見舞いに来てくれた。

「裕樹君……。ごめんなさいね。うちの子を庇《かば》ったばかりに怪我して……」

「いえ、守るのが夫の役目なので平気です」

「さすが裕樹君。でも……、自分の体も大事にしてあげてね？」

「は、はい……」

「そうだよ。庇ってくれたのは嬉《うれ》しかったけど、裕樹が怪我しちゃうのは嫌だよ……」

しょんぼりしている涼香にも自分を大事にしろと言われた。

「わかった。てか、それ何度目だ？」

「だって、心配なんだもん……」

しんみりとした雰囲気。

お世辞にも良い空気とはいえないので、話題を変えた。

「汗臭いし、お風呂《ふろ》に入りたいんだけど……」

「あ、そうだよね。入院中はお風呂に入れなかったんだっけ」

頼まなくとも、涼香はギプスが濡《ぬ》れないようにビニール袋をかぶせてくれた。

どうやら、今の俺は至れり尽くせりなようだ。

「じゃ、お風呂に行ってくる」

「気を付けてね」

お風呂場へ歩き始めようとしたら、俺達を横で見ていたおばさんが言う。

「体を洗うのを手伝ってあげれば？」

「え、あ、そうだよね」

おばさんに言われるがまま、涼香は俺についてきた。

俺と涼香は変わり者。一つ屋根の下で暮らしているが、まだ一線は越えていない。

体を洗って貰《もら》うのも、相手の体を洗うのも、恥ずかしい関係である。

「無理して手伝わなくていいからな。ほら、あっち向いとけ」

でも、涼香は無理と言わず、ゆっくりと俺の服に手を伸ばす。

「怪我させたからには、手伝わないわけにはね……」

「気にしすぎだ。でもまあ、お言葉に甘えて手伝って貰うか」

されるがまま服を脱がされていく。

上を脱ぎ終えると、涼香は恥ずかしそうな視線で俺のズボンを見る。

「ね、ねえ、こっちも脱ぐでしょ？」

やけにしおらしく、献身的な涼香の態度。

普段とのギャップのせいか、背中がムズムズする……。

涼香も親しくなければ見ることのない場所を見る勇気がないのか、目が泳いでいる。

「タオル巻くからあっち向いてろ」

「え？　いや、なんでよ」

「初心《うぶ》なお前に見せつけて喜ぶ趣味はない」

涼香に後ろを向かせズボンを脱ぎ、パンツも脱ぐ。

片手で腰にタオルを巻こうとするのだが、中々できない。

ええい。面倒くさい。こうなったら、パンツのままシャワーを浴びてしまえ！

脱いだパンツをまた穿《は》く。うん、このくらいなら、片手でも余裕だ。

「なんで、パンツ穿いたまま？」

「片手で腰にタオルを巻けるほど、俺が器用だとでも？」

「ふふっ。なにそれ。というか、ちょっと怖いけど、私は見る覚悟はあるからね？　むしろ、割と見たい方だし」

怪我した俺を気遣ってか知らないが、全然笑わなかった涼香が少し笑った。

しおらしい彼女も好きだが、普段通りの方が絶対にいい。

「あ？　お前が見るのを怖そうにしてるから、譲歩してやったんだぞ？」

「ち、違います～。そっちが見られるのが恥ずかしいかな～って、遠慮してただけ！」

「ほら、準備も終わったしさっさと入るぞ」

大事な部分をしっかり隠したままお風呂場へ。

銭湯にあるようなプラスチックの椅子に座ると、涼香はスポンジを手にしボディソープを泡立て始めた。

「無理しなくていいからな」

「私のせいで、こんな体になってるんだからお世話させて？　はい、背中向ける」

ゴシゴシとスポンジで俺の背中を洗い始める涼香。

始まってみれば、ちょっと恥ずかしいが意外と平気だった。

水族館で涼香にも言ったが、『甘えたい』願望が着々と満たされていく気がする。

「悪くない」

「なにが？」

「こうして涼香が尽くしてくれるなら、怪我も悪くないって話だ」

「水族館で私に甘えてみたいって言ってたね。この状況って、心に響いちゃってる？」

「響きまくりでヤバい」

「えへへ。そうなんだ。じゃあ、頑張っちゃお。お客さん、痒《かゆ》い所は？」

「下の方」

優しく背中を洗って貰っていると、涼香の手がいきなり止まった。

「せっかくだし、え、エッチなサービスした方がいい？」

「俺が嫌だ。せっかく涼香に色々として貰うのなら、健康なときの方が……」

「贅沢《ぜいたく》だね」

「だって、この状況だとお前にされるがままだろ？　それは男としてのプライドが許さないんだよ……」

「プライドってあったの？　それに、健康的な男子なら、ここは私に骨抜きにされるのを望んじゃうのが普通……。はっ、もしかして裕樹って女の子じゃなくて、男の子に興味が……」

「アホ言うな。女の子に興味はある。でも、ヘタレなだけだ」

「ヘタレか～。ま、私も心の準備ができてないから助かる。だってさ、裕樹とあれこれすると思うと興奮しすぎてヤバいもん」

「具体的には？」

「私の方見てよ」

後ろを振り向くと、服を濡らすのを厭《いと》わず、俺を洗ってくれていた涼香。

そして、なぜか鼻を押さえている。

よーく見ると、鼻を押さえる手は赤く染まっていた。

「裕樹の体が私好み過ぎて、興奮して鼻血が出た……」

「ぷっっ。興奮で鼻血が出るって、医学的根拠はないっていう都市伝説じゃなかったっけ？」

「まったくもう！　お嫁さんをからかう夫にはこうだ！」

涼香は照れ隠しで、再び俺の背中を強くスポンジで擦り始めた。

うん、怪我して最悪だと思っていたけど、涼香がいるならこれはこれで悪くないな。

♡♡♡

退院してから、初めて迎える朝。

眠るのが遅かったからか、起きたのも随分と遅かった。

どうやら、涼香も今日はお寝坊さんでついさっき目覚めたらしい。

眠そうな顔でスマホを弄《いじ》っている。

そんな涼香の穿いているハーフパンツがちょっとずり落ちていて、見えている下着。

……ゴクリ。生唾を飲み込んで観察をしてしまう。

なんというかあれだ。ちょっと無防備なところがグッとくる。

「おはよ。って、裕樹《ゆうき》の鼻が膨らんでる？　あ、パンツ見てるじゃん……。わざわざ、何も言わずにじっくりと見つめるとかエロいな～」

お得意のからかいを食らった。

こいつ、こういうことを言うくせに『ああ、エッチだった』とかカウンターを返すと、途端に恥ずかしがるんだよな……。

さて、どうしよう。

「見てないぞ」

「え～、本当に？　正直に言うなら、また見せてあげるよ？」

「わりとエロかった」

「ふぇ？　あ、そ、そうなんだ。へー」

いつも通りに恥ずかしがる涼香。誘い逃げが得意な涼香。

どうせ、下着は見せて貰えないだろうと諦めていたときだ。

「しょ、しょうがないなあ～。怪我して可哀《かわい》そうだし慰めてあげるね。ちょっとだけだよ？」

少しズボンを下げて、つるつる素材のパンツを恥ずかしそうに、俺に見せてくれた。

信じられない光景に俺は言葉を失う。

「あ、あれ？　どうしちゃったの？」

「い、いや。いつも誘ってくるくせして、肝心なところで逃げるお前が……普通に見せてきたのにびっくりした」

「け、怪我して辛《つら》そうな裕樹にサービスしちゃった。さてと、寝間着から着替えさせてあげるから待ってて。あ、先にちょっとトイレ！」

涼香 Side

手を洗いながら、私は思いに耽《ふけ》る。

私を庇って裕樹が怪我をした。

命に別条がないと知るまでは本当に怖かった。

それにしても、本当に格好良すぎだよ……。

腹を括《くく》った裕樹が、ひたすらに格好良い。

私を凄《すご》く大事にしてくれるのだ。

こうなったら、私も負けないくらい裕樹を大事にしてやる！

その影響からか、朝から随分とサービスしてしまった。

私からズボンを下ろし、パンツを見せてあげちゃったのだ。

「あ～～～、もう！　何しちゃってるんだろ……」

今になって思うと、超恥ずかしい。

だけど、いつまでも悶《もだ》えているわけにはいかない。

私の助けを必要としている愛《いと》しの夫が待っているもん！

「ただいま。さてと、まずは着替えよっか」

服を用意し、裕樹を寝間着から普段着へと着替えさせる。

「はい、腕上げて」

「んっ」

裕樹が着ている寝間着の上を捲《めく》って脱がす。

肌着を着ていないこともあり、直《じか》に露《あら》わになる肌が堪《たま》らなくそそる。

サッカー部を辞めたとはいえ、まだまだ引き締まっている腹筋と胸筋。

こ、この体が私を守ってくれたんだ～。えへへ、格好良いな。

気が付けば、私はペタペタと触っていた。

「す、涼香？」

「良い体してたから、つい。パンツ見せてあげたんだから、私も裕樹にちょっとだけサービスして貰わなきゃ」

「この、変態め」

「変態ですよ〜だ。というわけで、ちょっとお腹《なか》に力入れて？」

「しょうがない。ほらよ」

お、おお！　ぎゅっ、ぎゅっ、と強く腹筋を押しても全然平気そうだね。

めっちゃ触り甲斐《がい》がある体を堪能《たんのう》した後、私は裕樹にTシャツを着せた。

「至れり尽くせりだな。本当に助かる」

「怪我してるんだし当然。それに、腹筋触れて私も得したもん。さ、朝ご飯を食べよ？」

朝ご飯のメニューはスクランブルエッグとウインナー、簡単なサラダ。

あと、食パン。

「パン何枚食べる？」

「一枚」

トースターにパンを入れて焼くこと2分。

チンという音が鳴り、焼きあがったことを知らせてくれる。

私がコーヒーを淹《い》れていたので、パンは俺がと裕樹はマーガリンを塗ろうとする。

「塗れん」

小さい子供でもできるようなことができなくて、裕樹は苦笑いしていた。

ふふふ、可愛《かわい》い奴《やつ》め。

「私に任せなって」

「いや、これくらいはやってみせる」

「強情だなあ。ま、そういうとこ好きだけどね？」

意地っ張りな裕樹は、不器用にマーガリンをパンに塗り終える。

で、椅子に座って二人で朝食となった。

「「いただきます」」

朝食を食べ始めたら、裕樹が私に話しかけてきた。

「そういや、ご飯を食べ終わったら実家に行ってくる」

「なんで？」

「ちょっとした忘れ物を取りに行きたい」

「そっか」

「てか、涼香。今日はやけにご機嫌そうだけど、良いことでもあったのか？」

裕樹が入院中、私はこの広い家に一人だった。

まあ、たったの数日だけど。

それでも、ちょっと寂しかった。

「裕樹と一緒にいられるのが嬉しいだけだよ？」

心の底から思っていることを口にした。

♡♡♡

遅めの朝食を済ませた後のこと。

俺がちょっとした忘れ物を取りに実家へ行こうとするも、なんか涼香がついてきた。

怪我している俺を一人で歩かせるのが心配だそうだ。

というのは、涼香のジョーク。

俺と同じく忘れ物を取りに行くらしくて、途中で三田《みた》家に行ってしまった。

涼香と別れた後、俺は実家の前でうろちょろしてる奴を見つけた。

ど、泥棒か？　俺は恐る恐る怪しい奴を見るのだが……。

「あ、裕樹くん。お久しぶりですね。うちに誰もいなかったので来ちゃいました」

不審者？　は馴《な》れ馴《な》れしく話しかけてきた。

どうやら、日中堂々と盗みに入るような泥棒ではなかったようだ。

「ああ、冬華《とうか》か」

三田冬華。涼香の妹であり、俺にとっても妹みたいな存在。

今年から陸上部の強い高校に通うため、家を出た。

今は、学校が運営している寮で暮らしている女の子だ。

夏休みなので実家に帰省してきた感じだろう。

しかし、家には誰もおらず鍵も持っていなかった。

で、幼馴染《おさななじみ》である俺の家へ来て涼みながら待とうという魂胆に違いない。

「久しぶりだな。てか、お前、敬語なんて使ってるが、キャラ変したのか？」

「部活が厳しいんですよ。なるべく、ですます調で話せって変なルールがあるんです」

冬華が通っている学校は部活が超強い。

スポーツ科の生徒は勉強なんておまけ。日々、部活動をメインに励んでいる。

とまあ、そんな学校ともなれば、色々と厳しいルールがあるのも無理はない。

「仲の良い人にも？」

「家族や親しい人だろうが、言葉遣いには気をつけろとうるさいんですよ……。まあ、破ってる子の方が多いと思います。でも、私は律儀《りちぎ》に守っているというわけです」

「はい。大変です。というか、裕樹くんこそ、その右腕どうしちゃったんですか？」

冬華は俺の折れた右腕を、涼香に負けないくらい心配そうに見つめてきた。

「階段から落ちかけた涼香を庇ったら折れた」

「お姉ちゃんなんて庇わなくていいのに。自分の体を大事にしてください。っと、本題なんですけど、家に誰かが帰ってくるまで涼ませてくださいよ。鍵を忘れて入れなくて……」

「大変だな」

「な、なあ……。おばさんから何か話を聞いてるか？」

「いいえ？　何か大事な話でもあるんです？」

あー、うん。絶対に教えてないなこれ。

俺の口から冬華に、今の俺と涼香の関係を教えろってか？

いや、鬼か？　おばさんよ。とまあ、内心で突っ込んでいると……。

「色々とあってな。で、まあ、あれだ。暑いし、中で話すか」

涼香が三田家に行っているので、もう誰もいないってことはないのに、家に招いてしまった。

エアコンをつけた後、お茶でも出そうと思ったが……。

「あ、私がやりますよ」

もてなす側が気を遣って自分でやってくれる。

冷えたお茶を用意した後、冷房の効いてきた部屋で冬華は俺に愚痴を溢《こぼ》す。

「部活が本当に大変なんですよ。思っていた以上に部内での上下関係も厳しくて……」

お疲れ気味な冬華。

そんな彼女を見る限り、最近あった俺と涼香の関係の変化を知らないのだろう。

ヤバいなあ。ほんと、どうしよう。

さっきから貧乏揺すりが止まらない俺に、冬華は笑いかけてきた。

「私が進学してからは、お姉ちゃんとは二人になることが多かったでしょう。まさか、お姉ちゃんと付き合い始めたとか言わないですよね？」

超食い気味に聞いてくる冬華。

こうも、俺と涼香が付き合っているかどうか熱心に聞くのは、もちろん理由がある。

「付き合ってはないな」

「ふぅ。それは安心です」

「あ、ああ。付き合ってはいない」

「もう、何度も言わなくてもわかりますって」

……やべーな、これ。ほんと、やべーよ。

語彙力崩壊。冷汗はだらだら。

急いで左手だけでスマホを使い、涼香と冬華の母——

俺がおばさんと呼ぶ人にメッセージを送った。

『俺と涼香のこと、冬華に言ってないのでしょうか？』

すると、すぐに返事がきた。

『言ってないわ。話したらショックで寝込みそうなんだもの』

「うぐっ。やっぱりか……」

気まずくなるのは確実なので、俺と涼香も冬華にはまだ教えてない。

うん、冬華が何も知らないのは確定だな。

「あの～、裕樹くん？　随分と落ち着かないようですけど、何かありました？　というか、今の私はどうでしょうか？　高校1年生になり、しっかりしてきたと思いません？」

「あ、ああ。高校1年生になって凄く大人っぽくなったな」

「ですよね？」

嬉《うれ》し気に笑う冬華。その体は中学時点で、もう出来上がっていた。

変わったのは顔つきだ。童顔だったが、高校1年生になり少しだけ大人になった気がする。

ちょうどそんなときであった。

忘れ物の回収を無事に済ませてきた涼香が勝手に俺の家へ入ってくる。

当然、冬華の存在など知らず空気は読めていない。

「旦那さんやい。可愛いお嫁さんが戻ってきたぜ？」

寂しくしてなかった？

そんな顔と口ぶりで俺と冬華の前に現れたのだ。

「旦那？」

首を傾《かし》げ、笑っていない目になる冬華。ホラー映画さながらの怖い雰囲気を醸《かも》し出す。

「裕樹くん。お姉ちゃんと何か進展あったんですか？」

「いやあ、まあ色々と」

「これは、たっぷりとお話を聞かせて貰わないといけませんね？」

お察しの通り、涼香の妹である冬華は、俺のことが異性として好き。

そりゃもう、俺と涼香が結婚したのを知れば、黙っていないに決まっている。

♡♡♡

涼香と俺に起きた変化を、冬華に洗いざらい白状した。

でも、すんなりと受け入れて貰えるわけがない。

「だから、意味不明です！」

「宝くじを当てたけど、涼香が一人で受け取った。そのせいで、贈与税ヤバい。俺と涼香揉《も》めそう。だから、結婚した。以上だって」

「そんなの信じられるわけがないじゃないですか！」

「あはは……。ごめんね。冬華」

「お姉ちゃんはごめんで済むと思ってるんですか？　私が、裕樹くんのこと、大好きなのは知ってたのに！」

「私が知る限り、何回も告白して、全部フラれてるじゃん。問題はない気がするけど……」

「うっ」

涼香の妹である冬華はずっと前から、俺を異性として好きである。

小さい頃に妹として凄く可愛がっていたら、好意を抱くようになったらしい。

冬華が中学1年生の冬。告白される。

中学2年生の夏。また告白された。

さらに中学3年生の春。またまた告白されてしまう。

最後の告白は、確か……冬華が中学を卒業した日だっけ？

何度もアタックされているが、普通に断り続けている。

俺にとって、冬華とは妹みたいなもの。色仕掛《いろじか》けされようが、ピクリとも反応しないのだ。

実はこの辺りが、涼香と結婚を決めたウィークポイントでもある。

多くの時間を涼香と冬華と一緒に過ごしてきたけれど、冬華のことは異性として『なし』だが、涼香のことは異性として『あり』だった。

誰かと比較したとき、涼香は周りよりも優位な立ち位置にしっかりと立っていた。

ゆえに、涼香と一緒になることを決断できたってわけだ。

「ああ……。好きな人が実の姉に寝取られてたなんて……」

「そもそも付き合ってないから、寝取られるとか違くない？」

火に油を注ぐ涼香。

妹に対して結構辛辣。ずっと昔から、冬華には厳しめである。

なので、代わりに俺が妹として甘やかしてあげた。

ちなみに今も、妹として凄く可愛がりたい対象ではあるのだが……。

異性として好きと言われてからは、勘違いされるのも困るので、少し距離を置いている。

「はあ……。私の妨害工作なんて意味がなかったんですね」

「『妨害工作？』」

涼香と俺はきょとんとした。

妨害工作という物騒なワードは一体？

「裕樹くんってお姉ちゃんのこと、昔から普通に好きでしたよね。だから、異性としての好意に気が付かないように邪魔してたんですよ」

俺と涼香は幼馴染。別に、異性としてはありでも、好きというほどではないと言っていた。

けれどもまあ、腹を括ってみたら、すぐに悟った。

幼馴染としても好きだけど、異性としても普通に好きであると。

なぜこうも拗《こじ》れていたのか、割と疑問に思っていたのだが……。

「お前のせいだったのかよ！」

「言われてみれば、冬華は私と裕樹のこと、『仲の良い幼馴染』ってよく言ってたね」

思い当たる節が多すぎる。

高校3年生の春から、涼香の可愛さが日に日に増している気がしていた。

それは、邪魔していた冬華が進学し、俺達の前から消えたのが影響していたわけか。

「勝ち目はないと思っていたのですが、すぐにやられるとは、思ってもなかったですけどね」

「ねえねえ、冬華さ。私と裕樹って冬華からはどう見えてたの？」

「付き合う寸前の幼馴染そのものでした。だから、まあ、一応、諦めはついていたんですけど……。はあ……裕樹くん取られちゃったなあ……」

「諦めがついてたって？」

「裕樹くんのこと、完全にではないですけど、それなりに諦めてはいました。なので、私は高校での寮暮らしを選んだわけですよ。中学3年生の春に告白したとき、悟りましたね。ああ、裕樹くんは私のこと、本当に妹にしか見てないんだと。だから、あれです」

俺を見ながら冬華は淡々と告げる。

「私は陸上選手になり、裕樹くんにぎゃふんと言わせようと思ったわけです」

スポーツ好きな俺にスポーツで勝ち、劣等感を味合わせようってわけか。

確かに近い将来、冬華がスポーツで活躍し始めたら、羨ましいと感じただろう。

「お前のそういう隠れたSな部分、マジで怖いんだが？」

「そうでしょうか？　まあ、あれですよ。私を振るんですから、虐《いじ》められるのは当然です」

冗談っぽく笑う冬華。

俺もさほど、気にしてはいなかったのだが、横にいた涼香は違ったようだ。

「裕樹を虐めるなら帰ってよ」

ちょい強めな口調で涼香が冬華の前に立つ。

別にこのくらいで……と思うも、涼香がいきなり俺を抱きしめる。

「うちの子を虐めないでよ。落ち着いてきたけど、まだメンタルボロボロなんだからさ」

俺はいつ涼香の子供になったんだか。

柔らかい体に抱きしめられる俺。

そして、涼香は冬華に続けて文句を言う。

「色々あってサッカーを辞めた。で、これから、いい大学入ってやるって頑張ってるのにさ、利き手を怪我して落ち込んでるんだよ？」

「その……えっと……。そんな事情が？」

冬華は申し訳なさそうに俺を見た。

別に気にすんな、と言おうとするも、涼香の怒りはより一層増していく。

抱きしめる力が強くなっているのが証拠だ。てか、い、息が……。

左手で軽く涼香の体を叩《たた》くも、涼香はお構いなしに冬華に怒りを露わにする。

「裕樹をこれ以上虐めたら許さないからね」

し、死ぬ。苦しい。ほんと、苦しいから……。俺がお前に虐められてるって。

バシバシと叩くも、気が付いて貰えない。

それに気が付いた冬華が助け船を出してくれた。

「わかったけど……。裕樹くんが死にそうですよ？」

「へ？　あ、ごめんごめん」

「ふ、ふぅ……。死ぬかと思った」

無事に解放された俺は大きく息を吸った。

呼吸を落ち着けていると、冬華はどこか寂し気に俺を見つめ立ち上がる。

「妬《や》けますね。やっぱりお姉ちゃんと裕樹くんは相性抜群ですよ。さてと、お邪魔虫な私はそろそろ撤退しますか。バイバイ、裕樹くん」

「いえ、家には普通にお母さんがいるはずです。ただ、裕樹くんに会いたくて寄り道しただけなので。それじゃあ、お幸せに」

冬華は寂しそうに手を振り去って行った。

好きな人が実の姉に奪われた。苦しくないわけがないよな……。

何とも言えない気持ちを抱いていると、冬華がちょっと涙を溢しながら戻ってきて叫ぶ。

「お姉ちゃんのば～か！　隙があったら、絶対奪ってやりますからね！」

大人の対応で終わりではなく、盛大に子供っぽさを放つ冬華。

そんな風に宣戦布告された涼香。

やっぱり、こいつは妹へは厳しい。

「やれるもんならやってみれば？」

「や、やってやりますよ！」

「てか、裕樹に大人っぽくなったと思わせるために、口調を変えるとか必死過ぎない？」

「うわあああああああん。お姉ちゃんの馬鹿っ！　死ね！」

ほんと、妹に辛辣だなあ……。

最近、涼香が俺に優しいし、誰にでもそうなのだろうと思っていた。

しかしまあ、実はそうでもないんだよなあ。

「やり過ぎだ」

「変に優しくするよりも、ちょっと厳しくしてあげた方が、冬華の立ち直りも早いでしょ」

一理ある。

とはいえ、可哀そうなので後でフォローしてあげよう。

なにせ、俺にとって冬華は可愛い妹分なのだから。

♡♡♡

冬華と久しぶりに再会した後、我が家に帰ってきた。

リビングでくつろいでいるのだが、涼香がやたらと近づいてくる。

隙を見せたら奪うからと宣言した冬華。

それに反応してなのか、単にイチャイチャしたいだけなのかはよくわからない。

けれどもまあ、嫌じゃないので問題はない。

「こっちおいで」

カーペットの上で正座した涼香は、ポンポンと優しく自身の太ももを叩く。

要するに、あそこに俺は寝っ転がっていいわけだ。

誘われたからには断るわけにはいかないよな。

「お邪魔しますってなにそれ」

変な物言いを笑った涼香の太ももを枕にする。

柔らかくて気持ち良くて、顔の左半分が幸せだ。

「素直に甘えてみるけどさ、まだまだ恥ずかしいんだよな……」

「だろうね。そんな顔してるもん」

「てか、俺に触られて怖くないのか？」

「エッチなことじゃなければ全然平気だよ」

「膝枕は俺からすれば、エッチなことだって言ったら？」

「ん～、大丈夫。裕樹の顔がエッチじゃないし」

「ふふっ。なんだよそれ」

「いや～、だって裕樹の顔ってわかりやすいんだもん。私はエロい顔で迫ってくる裕樹の顔を見るのが、ちょっと怖いだけだからね」

俺のエロい顔かあ……。うん、確かに劣情をあまり涼香に向けてこなかった。

俺は顔に出やすいタイプだし、そりゃまあ、あまり見たことのない顔を見せつけられたら怖くもなる。特に、何年もずっと顔を合わせてきた幼馴染なら猶更《なおさら》だ。

だらりと体の力を抜いて、涼香に膝枕されながら話をしているときである。

「あ、耳かきしてあげよっか？」

「して貰えるならして欲しい」

「んじゃ、一度さよならっと」

一度、膝枕はおしまい。涼香は耳かきを取りに行った。

で、すぐに涼香の膝枕が再開され、始まる耳かき。

早速、耳の中でカサカサという音がする。

まさか、涼香にこんなことをして貰う日が来るとはびっくりである。

黙って耳かきされる俺に涼香は優しく話し始めた。

「ちょっと照れちゃうね。裕樹とこんなことするなんてさ」

「俺もだよ。まさか、お前にこうも甘やかされるとは思ってもいなかった」

「あ、ごめん。話しかけておいて、あれだけど、喋《しゃべ》られると変なところひっかきそう。こんな風に誰かの耳の中を弄るの初めてだし」

「じゃあ、黙ってる」

ゆったりと進む心地良い時間。俺は何もしてないのに暇じゃないのが不思議だ。

あらかた耳を綺麗《きれい》にし終えた後、涼香は最後の仕上げをする。

「ふ〜〜〜」

耳の中に吹くそよ風。

くすぐったいが、妙に気持ち良かった。

「はい、おしまい。どう、私に耳かきされてみて」

「……とても良かったです」

「それじゃあ、反対もやる？」

「お願いします……」

「ほんと、素直になっちゃって」

「だって、ほら、お前優しいし」

「幼馴染のときから、私は優しくしてあげてたよ？」

「優しいけど、幼馴染のときは、甘えたら絶対にからかってきただろうが」

「お嫁さんになったから、からかうのはなんか違うな〜って気がして、止《や》めたけど、幼馴染のままだとしたら、裕樹を超からかってただろうね」

「例えば？」

「私に耳かきされて喜ぶとか、変態さんだね？　って」

「あ、止めてくれ。背筋にゾクッときた。ちょっとどころか、かなり恥ずい」

「あはは、ごめんね。よし、反対も綺麗にしちゃうね？」

俺は黙って体の向きを変える。すると、涼香は優しく耳かきをしてくれた。

あっという間に、耳かきは終わった。

しかし、俺は涼香の太ももを枕にしたまま動かないでくつろぐ。

「ここ最近は、本当に色々あったなあ……。宝くじが当たって、お前と結婚して、サッカー辞めて、慰めて貰って、涼香と初デート」

「そして、骨折！」

「なんか、色々ありすぎて笑っちゃうよな」

「次に起こる大きなイベントといえば……受験？」

「あー。最近は真面目に勉強できてないから、サボってる感じで後ろめたいんだよな」

「この真面目くんめ！　じゃあ、さっさと勉強しよ？」

どいたどいたと太ももを枕にしている俺をどけようとする涼香。

しかしまあ、俺は動きたくない。

「嫌だ。ここは俺のベストポジションだ」

「もう！　私も、ちょっと最近はサボり気味で焦《あせ》ってるんだから、どいてって」

無言で俺は不動を貫く。

目を閉じてグリグリと太ももに顔をうずめていたら、いきなり耳元がくすぐったくなる。

ぬちゃっとした音。

それと同時に、耳の中が濡れていく感覚がする。

も、もしかして、耳を舐《な》められてる⁉

恐る恐る目を開けるも、すでに涼香は俺の耳元から顔を離していた。

「何かしたか？」

「し、してないよ」

「いや、絶対に今、俺の耳を舐めて……」

「だ、だって、この前、私に舐められたいって言ってたし。だから、その、えーっと、舐めちゃった。てへ？」

可愛く舌を出して、顔を赤らめる涼香を見ながら、耳の中に触れた。

やっぱり湿っている。それがまあ、俺の気持ちを大きく揺れ動かす。手を伸ばしたい。今すぐにでも涼香に触れたくなるが、堪《こら》える。ここで手を伸ばしたら、涼香の魅力に絡《から》めとられて、中々抜け出せなくなりそうだ。

ここで手を出したら、絶対に人生を台無しにする。

「ほどほどにしないと、俺に襲われるかもしれないぞ?」

「怖いけど、襲われてもいいもんね～だ。そのくらいには、裕樹のこと愛してるし」

「歯止めが利かなくなって、人生台無しになったらどう責任取ってくれる」

「裕樹はエッチだなあ。それって、つまり私のこと、人生台無しになるくらいまで、色々としちゃうってことでしょ?　襲われちゃうから逃げよ～っと」

楽しそうに俺のもとから去っていく涼香。

その後、いつまで経《た》っても戻ってこないので、俺は冷房の効いているリビングを出た。

「遅いよお……。もう汗だらだら～」

リビングの隣にある用途を決めてない部屋。そこに、俺から逃げた涼香はいた。

滝のように汗を流しており、服も汗にまみれている。

暑さに耐え、俺が見つけにくるのを待つ。

本当にお茶目なお嫁さんである。可愛いったら、ありゃしない。

「悪いな。怪我で落ち込んでいる俺をわざわざ励ましてくれてさ」

「バレた？」

「そりゃそうさ。何年付き合いがあると思ってる。本当にありがとう。元気出た」

「ま、落ち込む旦那を励ますのは、お嫁さんの仕事だからね！」

こんなにも良い子なのに、好きという感情に気が付けなかった。

冬華の妨害工作は本当に上手《うま》くいっていたんだろうな。

さて、汗だくなお嫁さんには、冷凍庫に隠しておいたアイスをプレゼントしよう。

「お礼と言っては何だが、冷凍庫の奥に隠してある俺のアイスを食べていいからな」

「あー、あれね」

「食べちゃったとか言わないよな？」

「あ、後で買ってくればいいかな～って」

「で、買ってあるのか？」

「まだです……。ほ、ほら、裕樹がいなくて寂しいから、裕樹が冷凍庫に隠しておいたアイスに慰めて貰ってたんだよ」

言い訳をする涼香。普段なら少し文句を言う俺。

今日は、怪我して落ち込む俺を張り切って明るい気分にさせようとしてくれているので許す、と言いたいところだが、やっぱり俺はコツンと涼香の頭に拳を下ろす。

そっと優しく、撫《な》でるかのようにふんわりと。

「ごめんくらい言えっての」

「アイス食べてごめんね。それにしても、裕樹さ～、前よりも叩く力が優しくなったよね」

「そうか？」

「だって、最近、私を叩くとき、めっちゃ優しいもん。どういう心変わりで？」

「お嫁さんがＤＶって言うからしょうがない」

「え～、なにそれ。っと、汗でびしょびしょだから、シャワー浴びてくるね！」

さっさと汗を流したい涼香は、俺の前から去って行く。

完全に姿が見えなくなる前、俺は改めてお礼を言った。

「ありがとな」

「ま、私は最高のお嫁さんだからね？」

うん、まったくだよ。ほんと、涼香は最高のお嫁さんだよな。

第13話　初めて（？）の痴話喧嘩《げんか》

骨折のせいで不自由な状態になった俺。

勉強効率は凄《すご》く落ちたが、勉強以外では涼香《すずか》のおかげであまり困ってはいない。

「そういや、近々、友達と私は旅行する予定じゃん？　まだ遊びに行く機会はあるし、今回は断ろうかなーって」

寝る間際《まぎわ》のちょっとした時間。

涼香がいきなり遊びの予定をキャンセルすると言い出した。

たしか、絶叫系の遊園地に深夜バスを使って遊びに行くんだっけ？

「いや、なんでだよ」

「怪我《けが》してる裕樹《ゆうき》を一人にしておけないよ」

「俺なんか、ちょっとぐらい放って置いても死なないって」

「そうだけど……」

涼香の冗談だと思っていたが、わりと本気っぽい。

もどかしさが募っていく。

今の俺と涼香は自分の好意に気が付き、互いの仲を深めどんどんと互いにお熱な状態。

それがゆえに、怪我している俺を気にかけてくれるのもわかる。

友達とかねてから決めていた夏休みの旅行を断ると言い出すのもわかる。

「俺のことを心配してくれている。それは、わかるけどさ……」

「過保護って言いたいの？」

「そういうことだ」

「でも、裕樹を一人にするのが心配だもん……」

「だからって、遊びに行く予定をキャンセルするのは違うだろ」

青春の1ページ。

それを失う辛《つら》さをよく知っているからこそ、涼香には青春を大事にして貰《もら》いたい。

悔いは一生残る。

俺は今だって、悔いている。

長い時間を捧《ささ》げてきたサッカーというものに、綺麗《きれい》に区切りをつけられなかったことを。

たぶん、老人になったとしても引きずる。

悔いを胸にこれからもずっと生きていくんだろう。

幾ら、涼香に慰められようとも、涼香と幸せな時間を過ごしたとしても。

きっと、きっと、サッカーを忘れることはできない。

「今を大事にしてくれ。俺なんかよりもさ」

「今が大事だから、裕樹を大事にするんだよ？」

「はあ……」

ため息を吐《つ》いた俺の態度が気にくわなかったのか、涼香は不機嫌な声で言う。

「私は裕樹のことを凄く心配してるのに、その態度って酷《ひど》くない？」

「心配の度が過ぎてるって話だ。普通にありがたいとは思ってるぞ？」

「そうかなあ……」

「じゃ、ハッキリ言う。そんなに心配されても、逆に迷惑だ。わかるか？」

青春を捨てる必要もないのに、捨てようとする涼香に少し苛立《いらだ》ちを覚えた。

俺を大事にしたいのはわかるけどさ、ここまで大事にされ過ぎるのは嫌だ。

「そんな強く言わなくてもいいじゃん！　裕樹のあほ！」

涼香はぷくっと頬を膨らませて怒る。

いや、怒りたいのはこっちだ。

「それはこっちのセリフだ。あほが！」

「はいはい。裕樹は私に大事にされたくないみたいだし、もう何もしてあげません〜〜」

「ああ、勝手にしろ。俺だって、別にお前に頼らなくても平気だし」

小さい頃からガチ目な言い争いをし始めると、俺達は互いに相手を睨《にら》む。

お前が間違っている。お前が謝れという強い意思を見せつけるのだ。

1分後。

涼香と俺が同じ苗字《みょうじ》になってから、喧嘩らしい喧嘩は初めて。

幾度となく涼香とはこうしてきたが……。

新婚ほやほやで喧嘩はしたくない。

決着がつかずに、長々と争いたくない気持ちが次第に強まっていった。

「ごめん……。言い過ぎた」

ひとまず、謝る。

すると、涼香も俺と同じように頭を下げた。

「ううん。こっちこそ、ごめんね？」

「色々してくれる涼香には悪いと思う。でも、やっぱり俺はサッカーのことで悔いが残ってる。だから、涼香には、後悔するようなことをして欲しくない」

「あー、そっか。うん、そうだよね。もしかしたら、あのとき、遊びに行けてたらな〜って後悔することもあるよね」

「伝え方が下手というか、強い口調で嫌な気にさせて悪い。いや、すみませんでした」

「ううん。私こそ本当にごめんなさい。私が裕樹を心配するのと同じで、裕樹も私を心配してくれてるのに気が付けなかった」

「……で、どうするんだ？」

「裕樹には悪いけど、やっぱり友達と遊びに行ってくるね」

「そうだそうだ。せっかくの夏なんだし、友達と楽しんで来いよ？」

「でもまあ、裕樹のお世話が心配なのは変わらないわけで……」

「たまには一人でゆっくりするのもいいさ」

「わかった。じゃあ、遠慮なく遊びに行ってくるね？」

一件落着し、場の空気が和み始めた。

喧嘩したけど、すぐに終了。そう思うと、俺と涼香は笑いが止まらない。

少し前なら、もっとバチバチに火花を散らして喧嘩した。

じゃあ、なんで今は違うのか。その理由はもちろん……。

「お互いのこと好き過ぎるだろ……」

「ふふっ。だね」

「ぷっ。ほんと馬鹿みたいに単純で笑えるよな」

「あははは。愛のパワーがまさかこんなにもあるなんて……。そう思えば思うほど、笑えちゃうよね」

日に日に大きくなる俺と涼香の愛。

それの効果が、こうも目に見えて現れてしまうのが滑稽である。

数ヶ月後はわからないけど、今はこの喧嘩すらすぐに終わって笑顔になってしまう。

そんな、特別な時間ができるだけ長く続いて欲しい。

「雨降って地固まるって言うし、もっと喧嘩しよっか」

「せっかくだしな。そうするか」

「ねえ、私の買ってあげたボクサーパンツをなんで穿《は》いてくれないの？」

「いや、普通に恥ずかしいから……」

「酷い！　せっかく、お嫁さんの私が買ってあげたのに大事にしてくれないなんて……」

俺と涼香は喧嘩と称し、相手に抱いている不満について少しだけ、争いを繰り広げた。

第14話　ウェディングドレス

喧嘩《けんか》とも言えないような喧嘩をしてから数日後。

涼香《すずか》は友達と予定通りに遊びに行き、満足気な顔で帰ってきた。

俺は家に一人だったが、怪我《けが》のせいで不便だったこと以外は特に問題は起きていない。

「ただいま！」

「楽しかったか？」

「うん！　これから受験で忙しくなって遊ぶ機会なんてほとんどなくなるから、良い思い出になったよ。はい、裕樹《ゆうき》へのお土産」

「ありがとな」

お菓子のお土産を受け取る。

すると、宝くじを当てた影響をもろに感じた。

「多いな」

「そりゃ、このくらいお金を使っても痛くも痒《かゆ》くもないし。というかさ～、なんか裕樹から香水の匂いがするのは気のせい？」

「涼香が使ってる香水で遊びました」

「可愛《かわい》い奴《やつ》め」

そりゃ、お嫁さんがいないんだ。

なんか、いたらできないようなことしたくなっちゃうだろ。

「で、あれだ……」

「なに？」

「香水をつけたままベッドで寝転んだせいで、ベッドが香水臭いです」

「子供じゃん」

「うぐっ」

「この悪ガキめ。シーツを洗えば匂いは取れるだろうけど……。住み始めてわかったけど、シーツとか、枕カバーとか、の換えは必要だよね」

「今度買いに行くか？」

「おっけー」

「いつ行く？」

「ん〜、明日とかはどう？」

「そうするか。んで、せっかく外に出るし、美味《おい》しいものを食べるってのはどうだ？」

「じゃあ、焼肉！　ほら、裕樹の怪我を治すためにも、良質な栄養をたくさん取らなきゃ」

「良い肉は脂質が多いからなあ……。鶏むね肉の方が健康的で良いと思うぞ」

「ひねくれ者め。そこは、じゃあ行こう！　って言うべきじゃない？」

涼香はきらきらと目を輝かせ、特上カルビやら、黒毛和牛のタン、今となっては管理が厳しくなりお値段が高くなったユッケ、そんな豪華なお肉たちを夢見ていそうだ。

「じゃ、食べに行こう」

♡♡♡

次の日。宣言通り、枕カバーとシーツの換えを買いに外へ。

せっかく外へ出たので、お昼は豪勢に焼肉を食べた。

お腹《なか》いっぱいになり満足した俺達は、本来の目的を果たすために歩きだす。

あの肉が美味しかっただの、ユッケをまた食べたいだの、色々話しながら歩いていると、街頭でお姉さんから貰《もら》ったチラシに面白そうなことが書かれていた。

『式場オープン！　ウェディングドレスの試着会開催中！　費用は無料！』

「なあ、これって本当にタダなのか？」

「ん～、ちょい待ち」

スマホという文明の利器を使い、すぐに涼香は調べ上げた。

俺は調べないのかって？　いや、右手怪我してるから、片手だと操作しにくくてな……。

「へー、本当に無料なケースがほとんどだって」

「行ってみるか？」

「うん、行こ行こ！」

乗り気な涼香とチラシを頼りにオープンしたての式場へ。

無事辿《たど》り着き、ウェディングドレスの試着会に参加を申し込もうとしたのだが……。

俺と涼香の顔を見て受付の人はやんわりと断ってきた。

「申し訳ございません。つい先ほど、人数が埋まってしまいまして……」

人数が埋まったというのは、あからさまな嘘。

たぶんだけど、俺と涼香が若すぎるのが原因なのかもな。

普通に考えれば、式を挙げる予定のなさそうな高校生カップルが、遊びにきたと思われでもしょうがない。

少し残念な気持ちで、俺と涼香はわざわざ出向いた綺麗《きれい》な式場を去った。

「むー。なんか、嫌な対応だったね。人数が埋まったとか、絶対に嘘じゃん。確かに、私達は高校生だけどさ、カップルどころかちゃんとした夫婦なのに……」

「そう怒るなって。向こうも商売なんだからさ」

「でもさあ……。ドレス着れるのを超期待してたんだよ？」

腑《ふ》に落ちない涼香をなだめながら、俺は、本来の目的である買い物に向かった。

♡♡♡

ウェディングドレスの試着を断られてから、数時間後。

なんだかんだ楽しく、ベッド用の予備のシーツと枕カバーを購入できた。

他にも色々と買ったからか、手荷物はいっぱいだ。

さあ、帰ろうと電車に乗ろうと駅に向かったのだが、人でごった返していた。

そう、電車が止まっているせいだ。

線路の一部が破損してしまい、その修理に時間が掛かっているらしい。

駅の構内は人だらけで入れそうにないし、駅周辺も人で溢《あふ》れている。

バスは長蛇の列。タクシー乗り場にもタクシーの姿はない。

さて、どう帰ろうか。

「んー、全部の交通機関がダメっぽいね」

帰る方法を探してみるも、今すぐに帰る方法は見つからなかった。

ただここでじっと待つのみが解決方法。

一応、徒歩という手段があるが現実味はない。

「ヤバいな。どんどん人が集まってきてる」

「はあ……。今日は外で野宿かもね。暑いし最悪……」

「いっそのこと、ホテルでも探すか？」

「ありだね。今なら、まだ泊まれるとこが見つかるかも」

いつ電車が動き出すかわからない。

外で過ごすのは嫌だったので、俺と涼香はどこかに泊まることにした。

駅前を歩き『ホテル』と書かれた看板を見つける。

どういうホテルか確認せず、軽い気持ちで入ってしまう。

で、入ってから気が付いたのだが……。

俺と涼香が入ってしまったこのホテルは休憩所も兼ねる感じのホテルだった。

そして、幸いなことに部屋の空きもある。

だが、場違いな気がして外に出ようとするも、涼香が俺の袖をくいっと引っ張った。

「わ、私はここでもいいよ……」

「おまっ、本当にいいのか？」

「う、うん。だって、下手したら駅前で夜を明かさなくちゃいけないかもなんだよ？」

「このホテルの部屋も、埋まり始めてるみたいだしな……」

外で一夜を明かすのは嫌なので、俺と涼香はここに泊まることにした。

内装は綺麗で、普通のホテルと大差ない。

そのおかげか、別に緊張感も湧かずに二人してくつろぎ始め……るわけねえだろ！

のどはカラカラになり、緊張しすぎて落ち着かない。

「俺、こんなとこ初めて来た」

「わ、私もだよ。ね、ねえ。ど、どうする？」

「何がだよ」

「あんなこととか……。わ、私は覚悟できてるし……」

ベッドに寝転ぶ涼香。

「す、する？」

「だ、だから、何を？」

「こ、こういう所でするようなことだよ？　あ、待って、今日は暑かったし、シャワー浴びてくる！」

涼香は逃げるように室内にあるお風呂《ふろ》へ向かって走った。

一人残された俺は、二人で使うのに何不自由ない大きさのベッドに座る。

「震えるくらいなら、ここでいいとか言うなって。馬鹿か？　あいつは」

俺を誘う涼香の体が震えていたのが、ハッキリと目に焼き付いている。

襲いたいけど、あんなに怖そうにしている彼女を襲っても平気なのだろうか？

そして、俺は右腕を見やる。

「ダサいよなあ……」

この状態じゃ、絶対に上手《うま》くなんていかない。

結婚したとはいえ、俺は涼香との思い出を大事にすると決めた。

飛ばしてしまった過程もきちんとプレゼントできるように頑張りたい。

人生一度きりの恋で、妥協など許したくない。

「エロいことをしたくないわけじゃないけどさ。もうちょっと、後でいいだろ」

俺と涼香には早いと自分に言い聞かせた。

さて、部屋でも物色しよう。好奇心旺盛な俺は、面白いものがないかとあたりを見渡す。

あれやこれやと物色しているうちに、興味深い広告の存在に気付く。

1階にて、新品コスプレ衣装販売中！　と書かれた紙だ。

気が付けば、俺は1階へと向かっていた。

♡♡♡

初心《うぶ》ではあるが、さすがにここがどういう場所か知っている。

お風呂上がりの艶《なま》めかしい涼香は、タオルを体に巻いてベッドに座っている。

「どんとこい！」

変なテンションで俺を誘ってくる涼香。

どう見ても覚悟は決まっていない。

俺が近づくと、じりじりと動き、ちょっと距離を取ろうとする。

「無理すんなって言っただろうが」

「無理じゃないもん……。だ、だだだ、だからさ、いいよ？」

「あのなあ、俺もお前と長い付き合いだ。お前が、怖がってることくらい、わかるからな？　てか、めっちゃ声が震えてっから誰でもわかる、怖いってことくらいさ」

「いいの？　しなくても」

「俺もこの腕だ。震えるお前のことなんて、絶対にリードしてあげられないし、大失敗する未来しか見えない。それに、お前のこと……大事にしたいからさ」

そう言って、ギプスで固定された腕を見せつけた。

涼香が怖がっているのもあるが、この不自由な状態で初めてを経験するのは、俺のちんけなプライドがダメだと言っている。

「私、裕樹に遠慮なくべたべた甘えてるし、たぶんだけど、悶々《もんもん》としてても、私のために我慢させちゃってるでしょ？　だから……我慢しなくてもいいんだよ？」

「ま、俺もこんな場所に来たら、やっぱり悶々とする。だから、ちょっとだけ楽しませて貰おうか？」

「えっ。やっ、やっぱり、その気があるんじゃゃん！　ゆ、裕樹の鬼畜。油断させておいて私を襲うだなんて……」

俺は、わざとらしく手をわしゃわしゃとさせ、襲う振りをした。

その反応を楽しんだ後、涼香がシャワーを浴びている間に買ってきたものを取り出す。

「今日はなしだ。でも、せっかくこういう所に来たんだし、ちょっとは楽しもう。いつだったかは忘れたけど、コスプレしてみたいって言ってただろ？」

1階にあるフロントで買ってきたものを涼香に渡した。

「こ、コスプレ衣装？」

「こんな場所だ。涼香が普段してくれないことをして貰わなくちゃな」

健全な男子である俺。女の子とエッチなことができなくとも、こういう場に来たからには何かしら楽しみたい。そこで、普段ではしないようなことを涼香にして貰おうってわけだ。

「んふふ。なにそれ」

「で、答えは？」

「私に好きって言ってくれたらしてあげる」

「涼香のこと大好きだ。コスプレして貰えたら、俺は泣いて喜ぶと思う」

欲望駄々洩《も》れ。きもいことを言っていると自覚ありだ。

でも、こんな言動程度でお嫁さんが俺を嫌いにならないのを、俺はよく知っている。

ゆえに、安心して言えてしまうのである。

「照れるね。いいよ。好きって言ってくれるんだもん。私も裕樹のこと、大好きだもん」

涼香は俺が買ってきた衣装を持ち、お風呂の脱衣所で着替え始める。

まだかまだかと、待つこと数分。

所詮は安物で作りは粗いだろうが、それでも胸躍る姿で出てくるに違いない。

気になりすぎているからか、せっかちにも着替え中の涼香に声を掛けてしまう。

「サイズはどうだ?」

「ちょっと小さいかも……。あ、でも、裕樹ってあれだね。いいセンスしてる」

「だろ?」

「あのさ、逃げたみたいでごめんね。裕樹とすると思うと、怖くて体が震えちゃった」

「見たらわかる」

「やっぱりまださ、こう……、なんか怖くてさ。こういう私って、面倒かな……」

「心配しすぎだって。それに、これからもずっとこうってわけじゃないだろ?」

「もちろん。だって、裕樹のことはかなり好きだし。普通にエッチなことには興味はあるもん。ただ、急すぎて気持ちが追い付かないって感じだから」

怖けりゃ怖いでいいに決まっている。

今までしてこなかった何かをするのには、必ずと言っていいほど、勇気が必要なんだから。

いつまでだって、俺は待てる。そのくらいに、今話しているお嫁さんが好きだ。

……涼香の甘え方次第では勢い余って襲っちゃうかもだけど。

ははっ。ほんと、宝くじのせいで順序めちゃくちゃだな……。

考えれば考えるほど、意味不明である。

そして、とうとう準備は整ったらしい。


「ねえねえ、裕樹。ありがと」

お風呂場の脱衣所から、純白のウェディングドレスを身に纏《まと》った涼香が現れた。

照れたように伏し目がちになって、スカートの裾を少し持ち上げている。

あまりの可愛さに心臓の鼓動が速まったのがよくわかる。

「ありがとうって、何が?」

「ウェディングドレスの試着を断られて残念そうにしてたから、着せてくれたんでしょ?」

「そりゃ、あんな顔を見せられたら、何もしないわけにはいかないしな」

「で、どう？　似合う？」

純白のドレスを纏った涼香が照れながらも、俺に体を見せつける。

大きな胸と引き締まったウエストを覆う純白で光沢のある生地。

特にスカートから伸びる足と、大胆に開いている脇の破壊力は凄《すさ》まじい。

一目見ただけで、すぐに目が離せなくなってしまった。

「綺麗だ。でも、思っていた以上にエロいな。無理して着なくても大丈夫だぞ？」

「ううん。ちょっと過激だけどこのくらいなら平気。そして、正直者な裕樹にはご褒美《ほうび》をあげなくちゃ。ほら、可愛いポーズしてあげる！」

涼香はちょいエロなドレス姿で可愛いポーズを俺に見せてくれる。

俺が渡したコスプレ衣装は正確にはウェディングドレスっぽいもの。

あくまで、ウェディングドレスをイメージしているだけで、露出度はかなり高く、どう見ても違う。

ただ、それっぽくは見える。現に、涼香が俺の前に姿を現したときにはそう見えた。

ドレスの試着を断られ、残念そうにしていた涼香にはうってつけ、と思い選んでみたが、好評で一安心だ。

可愛いポーズを取ってくれる涼香を見ているうちに、どんどん心に火が付く。

いつか、本物を着ている姿をちゃんと見せて貰いたいと。

「ノリノリだな」

「普通に楽しいじゃん、こういう風に遊ぶのってさ。あ、裕樹。写真撮ってよ」

「ちょっとエロいけど、平気か？」

「大丈夫。エロいけど、裕樹以外の誰にも見せないし。あ、誰かに見せないでよ？」

「誰にも見せないって」

「にしても、私にコスプレして欲しいって、裕樹も中々に欲望に忠実な男だね」

「悪いか？」

「悪くない！　私も欲望のままに、もうちょっと甘えちゃお〜。私のこと、もっと褒めて？」

ニコニコと可愛い涼香の催促。甘えられても、甘やかされても、何をしようと可愛い彼女が望むのなら、俺はなんだってできる気がする。

「涼香は世界一可愛いぞ」

「それ前にも聞いた！　違うのを私は所望する」

「ノリノリでコスプレしてくれるとか、めっちゃ可愛すぎる」

「えへへ。ねえねえ、私に、ちゃんとしたウェディングドレスっていつか着せてくれる？」

確認するとは心外だな。俺はエロ可愛いドレス姿の涼香に堂々と胸を張る。

「当たり前だ。絶対に着せてやる。いいや、絶対に着て貰う」

「うん！　楽しみにしてるね！」

♡♡♡

太陽の光が差し込まないホテルのベッドで俺は目を覚ます。

涼香と俺は二人して並び、我が家と同じように手を繋《つな》ぎながら寝た。

もちろん、それ以上のことはしていない。

「ふあ～。おはよ。ふふっ。昨日は、凄《すご》くはしゃいじゃったね」

「ああ、本当だよ」

純白のウェディング風ドレス以外にも、幾つかコスプレ衣装を買った。

女性警官の衣装には手錠のおもちゃが付いていたので、それを使って遊んだ。

ナース服を着た涼香が年上お姉さんを演じ、俺が患者のふりをするごっこ遊びもした。

アイドル服を着た涼香と、部屋にカラオケができる機械があったので、二人で熱唱。

さらにさらに、涼香は暴走し、ネコ耳としっぽを付けた。

ネコになったからには、ご主人様に甘えなくちゃとかほざき、俺の体にべたべたとくっ付いてきたり、舌で優しく舐《な》めたりもした。

俺に襲われるのが怖いだけで、自ら触るのは平気。

遠慮なく攻めてくる罪作りな女である。

いや、襲ってもいいと許可は出ているのに、襲わなかった俺も俺だけどさ。

「始まりは急だったけど、今は凄く幸せでやっぱいいね！」

「まったくだ。本当に楽しくてしょうがなくなってきた」

「ちょっとこっち向いて？」

ベッドに寝ている俺は、涼香の方へ寝がえりを打った。

小さな吐息を漏らして涼香は微笑《ほほえ》む。

「裕樹のこと、だ〜い好き。これからもよろしくね？」

絶対にこれからの人生、俺と涼香には苦難が待ち受けている。

それでも俺は……。

精一杯に涼香を幸せにし、俺も幸せにして貰おうじゃないか。

宝くじをきっかけとした結婚生活はまだ始まったばかりだ。

目を背けてしまいがちなことも、涼香ときちんと向き合おう。

床に散らばる数多《あまた》のコスプレ衣装を見て俺は苦笑いする。

「なあ、俺達、このまま贅沢三昧《ぜいたくざんまい》したら危ないかもな」

「お金遣いが荒くなってきちゃったよね……」

幸せを長続きさせるため、お金について真面目に考えよう。

さすがに最近は、何も考えずに使いすぎである。


朝起きたら、横にお嫁さんがいる。

これからもずっと、そうであり続けられるように前を見よう。

あとがき

初めましての方は、初めまして。お久しぶりの方は、お久しぶりです。

どうも、作者のくろいです。

この度は、数多くある作品の中で『俺のお嫁さん、変態かもしれない』をお手に取っていただき、誠にありがとうございます。

ライトノベル界隈《かいわい》では、今まさにラブコメブーム真《ま》っ只中《ただなか》ですが、なんとか生き残れることを祈りつつ、あとがきらしく、作品についてのちょっとした裏話でも語ろうかなと。

本作品の目指すところは、ひたすらに可愛《かわい》い女の子との甘々《あまあま》な日常です。

でも、それだけじゃ物足りない。高校生が悩み苦しむ青春も見せたい！

そんな経緯で、部活関連で主人公が苦しむという展開が生まれました。

でも、ただ苦しめられただけでは終わりません。

苦しんだ人こそ、しっかりと幸せになって欲しい。

その思いで、中盤から後半にかけては、全力で甘々な日常を描かせていただきました。

周りのキャラも一部を除き、本当に優しいキャラをイメージして作り上げました。

特に涼香《すずか》ちゃんのお母さんは、かなり面白いキャラになったのかなと。

さて、お次はメインヒロインである涼香ちゃんについて話をさせてください。

こんな子が横にいたら、絶対に人生楽しいだろうな〜って感じを、涼香ちゃんにはたくさん詰め込んでみました。

そんな彼女の見た目ですが、最初は黒髪でお願いするつもりだったのですが……。

あゆま紗由《さゆ》先生にキャラデザをお願いすべく、設定資料を作っていたとき、ふと思ったわけです。次のヒロインも黒髪で良いのだろうか？ と。

そう、ラブコメ作品が数多く刊行される現状を見て、このままでは埋もれてしまうのでは？ と考えたわけです。

そして、新しい可能性というよりも、昨今のラブコメブームを生き残るために、人目を引くようなピンク髪にしたいです！ と設定資料に書きました。

それが無事に採用され、皆さんが見ている涼香ちゃんが生まれました。

どうでしょうか？

めちゃくちゃに可愛いですよね？

涼香ちゃんを生み出してくれたあゆま紗由先生には、感謝しても感謝しきれません。

次は、ＷＥＢ版と書籍版の内容が違う問題について触れようと思います。

はい、その通りです。がっつり改稿しました。

設定から見直しをして、ストーリーも見直しました。

新作として刊行された本作ですが、ＷＥＢ版の連載は２０１９年の冬からです。

そのため、今に合わせて、しっかりとブラッシュアップする必要がありました。

と言っても、加筆は5割程度になる予定だったのですが……。

気が付けば、今の『俺のお嫁さん、変態かもしれない』という作品に。

結果としては、ＷＥＢ版とはまた違った感じを持つ、良い作品になったと思います！

書籍版とどう違うのか、気になりましたら、ＷＥＢ版の方も読んでくださると幸いです。

最後に、作品に関わってくださった方々にお礼をさせてください。

改稿に何度も付き合ってくださった担当編集である3代目Ｓ様、前作と今作の立ち上げまでお付き合いくださった2代目Ｓ様、可愛いイラストを描いてくださったあゆま紗由先生、他にも数多くの方のおかげで、この作品を世に送り出すことができました。

本当にありがとうございました。

願わくは、またお会いできるのを楽しみにしております。

くろい

お便りはこちらまで

〒一〇二-八一七七
ファンタジア文庫編集部気付
くろい（様）宛
あゆま紗由（様）宛

富士見ファンタジア文庫

俺《おれ》のお嫁《よめ》さん、変態《へんたい》かもしれない

―ゼロ距離《きょり》だった幼馴染《おさななじみ》、結婚《けっこん》したとたん即落《そくお》ちして俺《おれ》に夢中《むちゅう》です―

令和３年10月20日　初版発行

著者――くろい

発行者――青柳昌行

発　行――株式会社KADOKAWA
〒102-8177
東京都千代田区富士見2-13-3
0570-002-301（ナビダイヤル）

印刷所――株式会社暁印刷

製本所――本間製本株式会社

本書の無断複製（コピー、スキャン、デジタル化等）並びに無断複製物の譲渡および配信は、著作権法上での例外を除き禁じられています。また、本書を代行業者等の第三者に依頼して複製する行為は、たとえ個人や家庭内での利用であっても一切認められておりません。

※定価はカバーに表示してあります。
●お問い合わせ
https://www.kadokawa.co.jp/（「お問い合わせ」へお進みください）
※内容によっては、お答えできない場合があります。
※サポートは日本国内のみとさせていただきます。
※Japanese text only

ISBN978-4-04-074290-8 C0193　◇◇◇

©Kuroi, Ayuma Sayu 2021
Printed in Japan

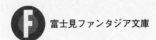

切り拓け！キミだけの王道
ファンタジア大賞
原稿募集中！
賞金
《大賞》300万円
《金賞》50万円
《銀賞》30万円
選考委員
細音啓 「キミと僕の最後の戦場、あるいは世界が始まる聖戦」
橘公司 「デート・ア・ライブ」
羊太郎 「ロクでなし魔術講師と禁忌教典《アカシックレコード》」
ファンタジア文庫編集長
前期締切 8月末日
後期締切 2月末日
公式サイトはこちら！ https://www.fantasiataisho.com/
イラスト／つなこ、猫鍋蒼、三嶋くろね